A CASA DA NOITE

Obras do autor publicadas pela Editora Record

Headhunters

Sangue na neve

O sol da meia-noite

Macbeth

O filho

O reino

O homem ciumento

A Casa da Noite

Série Harry Hole

O morcego

Baratas

Garganta vermelha

A Casa da Dor

A estrela do diabo

O redentor

Boneco de Neve

O leopardo

O fantasma

Polícia

A sede

Faca

Lua de sangue

A CASA DA NOITE

JO NESBØ

Tradução de

Ângelo Lessa

2ª edição

EDITORA RECORD
RIO DE JANEIRO • SÃO PAULO
2025

CIP-BRASIL. CATALOGAÇÃO NA PUBLICAÇÃO
SINDICATO NACIONAL DOS EDITORES DE LIVROS, RJ

N371c Nesbø, Jo, 1960-
A casa da noite / Jo Nesbø ; tradução Ângelo Lessa. - 2. ed. - Rio de Janeiro : Record, 2025.

Tradução de: The night house
ISBN 978-85-01-92338-7

1. Ficção norueguesa. I. Lessa, Ângelo. II. Título.

24-95012

CDD: 839.823
CDU: 82-3(481)

Meri Gleice Rodrigues de Souza - Bibliotecária - CRB-7/6439

Título original:
The night house

Traduzido a partir do inglês *The Night House*, por Neil Smith

Publicado mediante acordo com Salomonsson Agency.

Texto revisado segundo o Acordo Ortográfico da Língua Portuguesa de 1990.

EDITORA RECORD LTDA.
Rua Argentina, 171 – Rio de Janeiro, RJ – 20921-380 – Tel.: (21) 2585-2000,
que se reserva a propriedade literária desta tradução.

Impresso no Brasil

ISBN 978-85-01-92338-7

Seja um leitor preferencial Record.
Cadastre-se no site www.record.com.br e receba informações
sobre nossos lançamentos e nossas promoções.

Atendimento e venda direta ao leitor:
sac@record.com.br

PARTE UM

1

— V-v-v-você está maluco — disse Tom, e percebi que ele estava assustado, porque gaguejou uma vez a mais que de costume.

Eu ainda estava segurando o boneco do Luke Skywalker sobre a cabeça, pronto para jogá-lo rio acima, contra a corrente. Um grito ecoou da mata fechada que cercava as margens, como uma advertência. Parecia o crocitar de um corvo. Mas eu queria ver se o Luke Skywalker sabia nadar, e nem Tom nem o corvo poderiam me deter. O boneco voou. O sol da primavera tinha se posto atrás da copa das árvores que haviam acabado de voltar a ter folhas, e a luz se refletia no boneco que girava lentamente no ar.

Luke caiu na água e fez *pluft* bem leve, o que significava que ele de fato não sabia voar. Não consegui ver o boneco debaixo da água, só as ondinhas circulares na superfície do rio, que estava mais cheio que o normal por causa do degelo e lembrava uma anaconda rastejando em nossa direção.

Eu havia me mudado para a casa dos meus pais adotivos, que ficava nesse fim de mundo, no ano passado, logo depois de completar 14 anos, e não tinha ideia do que os garotos que moravam num fim de mundo como Ballantyne faziam para não morrer de tédio. Mas, como Tom me contou que agora, na p-p-primavera, o rio era sinistro e perigoso e que os pais o mandaram ficar longe dali, pelo menos eu tinha uma ideia de um lugar por onde começar. Não foi difícil convencer Tom, porque ele era como eu: não tinha amigos e fazia parte da casta dos párias na escola. Mais cedo, no intervalo da aula, o Gordão me explicou as castas e disse que eu era da casta dos piranhas, o que de cara me fez pensar nos peixes que parecem ter lâminas no lugar dos dentes e conseguem arrancar a carne toda de um boi em questão de minutos, então automaticamente pensei que era uma casta legal. O Gordão, aquele saco de banha idiota, me explicou depois que eu e a minha casta éramos inferiores, e aí me vi na obrigação de meter a porrada nele. Só que, infelizmente, o Gordão me dedurou para a professora — que vou chamar de Srta. Trino —, e ela resolveu me dar um sermão interminável sobre gentileza e o que acontece com as pessoas que não são gentis — em resumo, elas se dão mal na vida — e depois disso não restou dúvida: o novo valentão que tinha se mudado da cidade grande para Ballantyne pertencia à casta dos piranhas.

Depois da aula, Tom e eu fomos ao rio e paramos na pontezinha de madeira na floresta. Quando tirei o Luke Skywalker da mochila, Tom arregalou os olhos.

— O-o-onde você conseguiu isso?

— Onde você acha, idiota?

— V-v-você não comprou na loja do Oscar. Está esgotado lá.

— Na loja do Oscar? Aquele lixão? — Dei risada. — E se eu tiver comprado na cidade antes de me mudar para cá, numa loja de brinquedos *de verdade*?

— Não tem como, porque esse modelo é desse ano.

Dei uma bela olhada no Luke. Será que existiam várias versões? O Luke Skywalker não era sempre o mesmo herói idiota desde sempre e para todo o sempre? Eu nunca havia parado para pensar que as coisas podem mudar, que Darth e Luke poderiam trocar de papéis, por exemplo.

— Vai ver eu consegui um p-p-protótipo — retruquei.

Tom pareceu chateado quando imitei a gagueira dele. Também não gostei de ter feito isso, mas não consegui evitar. Sempre foi assim. Se as pessoas ainda não me odiavam, eu garantia que não demorassem a odiar. É o mesmo tipo de reflexo que faz gente como Karen e Oscar Jr. sorrir e ser legal para ser querida por todo mundo, só que ao contrário. Não que eu *não* quisesse que as pessoas gostassem de mim, mas eu sabia que elas não iriam gostar de qualquer jeito, então eu meio que adiantava as coisas: fazia com que não gostassem de mim nos *meus* termos. Assim, elas me odiavam, mas ao mesmo tempo me temiam e não tinham coragem de mexer comigo. Como agora, quando percebi que Tom sabia que eu tinha roubado o boneco do Luke Skywalker, mas não teve coragem de falar. E a verdade é que eu o roubei na festa da turma que aconteceu na casa de Oscar Jr., para a qual todo mundo — até os membros da casta dos piranhas — foi convidado. A casa era razoável, não era grande nem superluxuosa, mas fiquei irritado porque os pais de Oscar eram bastante autoritários e o lugar estava cheio dos brinquedos mais legais que um pai poderia comprar. Bonecos dos Transformers, jogos de Atari, uma bola 8 mágica e até um Game Boy, que ainda não estava sendo vendido nas lojas. Oscar Jr. não daria a mínima se perdesse um daqueles brinquedos. Aliás, ele nem notaria. Bom, talvez ele ficasse chateado por perder um boneco do Luke Skywalker que estava na cama dele feito um bichinho de pelúcia. Mas, caramba, como ele podia ser tão infantil?

— O-o-olha ali! — gritou Tom, apontando.

A cabeça do Luke tinha emergido da água e estava se aproximando da gente a toda a velocidade, como se estivesse nadando de costas no rio.

— Que bom para o Luke — falei.

O boneco desapareceu debaixo da ponte. Fomos para o outro lado, e ele reapareceu, nos encarando com aquele sorrisinho besta. Besta porque heróis não devem sorrir, e sim lutar, devem ter cara de lutador durão, devem mostrar que odeiam os inimigos tanto quanto odeiam... sei lá o quê.

Ficamos ali, parados, vendo o Luke se afastar. Rumo ao mundo lá fora, rumo ao desconhecido. Rumo ao lado sombrio, pensei.

* * *

— O que a gente faz agora? — perguntei, já me coçando para aprontar outra, e a única forma de me livrar dessa sensação era *acontecer* algo, algo que me fizesse pensar em outra coisa.

— E-e-eu tenho que ir para casa — disse Tom.

— Ainda não. Vem comigo.

Não sei por quê, mas me vi pensando na cabine telefônica vermelha que ficava no alto de um morro perto da estrada principal, à margem da floresta. Era um lugar estranho para uma cabine telefônica num lugarejo tão pequeno quanto Ballantyne, e eu não só nunca tinha visto ninguém usá-la como quase nunca via alguém sequer perto dela, no máximo um ou outro carro passando por lá. Quando chegamos à cabine vermelha, o sol estava ainda mais baixo; era o começo da primavera, então ainda escurecia cedo. Tom me seguiu, relutante, não devia ter coragem de me contrariar. E, como eu disse, nem eu nem ele tínhamos um monte de amigo.

A gente se espremeu dentro da cabine apertada, e, quando fechamos a porta, o som do mundo lá fora foi abafado. Vi um caminhão passar com pneus enlameados e troncos enormes se projetando da caçamba. Seguiu em frente até desaparecer na estrada principal, uma linha reta que atravessava a paisagem agrícola plana e monótona, cortava a cidade e seguia em direção ao limite do condado.

Havia uma lista telefônica na prateleira abaixo da caixa de moedas do telefone; não era muito grossa, mas evidentemente era o bastante para conter o número de todos os telefones não só de Ballantyne como do condado inteiro. Comecei a folheá-la. Tom olhou para o relógio.

— E-e-eu prometi estar em casa às...

— Shhh!

Meu dedo parou em Jonasson, Solvosse. Um nome esquisito, provavelmente de um esquisitão. Peguei o fone cinza, que estava preso à caixa de moedas por um cabo de metal, como se quisessem evitar que alguém o arrancasse e fugisse dali com ele. Teclei o número de Jonasson, Solvosse nos botões de metal. Só sete dígitos. Na cidade eram nove, mas sete deviam bastar nesse fim de mundo com quatro mil árvores por habitante. Entreguei o telefone para Tom.

— Q-q-quê? — disse ele, me encarando com um olhar aterrorizado.

— Fala "Oi, Solvosse. Aqui é o diabo e estou convidando você para o inferno, porque esse é o seu lugar."

Tom balançou a cabeça e me devolveu o telefone.

— Seu idiota, se você não fizer isso eu te taco no rio.

Tom, o menor menino da turma, se encolheu e ficou ainda menor.

— Brincadeira — falei e dei uma risada que soou estranha até para mim naquele cubículo apertado. — Qual é, Tom? Pensa em como vai ser engraçado quando a gente contar isso amanhã na escola.

Vi algo despertar dentro dele: a ideia de chamar a atenção das pessoas. Para alguém que nunca chamava a atenção de ninguém por nada, esse era um belo de um argumento. Mas também teve o fato de eu ter dito "a gente". Ele e eu. Dois amigos aprontando juntos, passando um trote e chorando de rir, se segurando para não cair na gargalhada ao ouvir o pobre coitado do outro lado da linha se perguntando se era mesmo o diabo ligando.

— Alô?

O som veio do fone. Não dava para saber se era homem ou mulher, adulto ou criança.

Tom me encarou. Fiz que sim com a cabeça, empolgado. Ele abriu um sorriso triunfante e levou o fone ao ouvido.

Sussurrei as palavras enquanto Tom me olhava e as repetia sem nenhum traço de gagueira.

— Oi, Solvosse. Aqui é o diabo e estou convidando você para o inferno, porque esse é o seu lugar.

Tapei a boca com uma das mãos para conter a gargalhada e com a outra gesticulei que ele desligasse.

Mas Tom não desligou.

Em vez disso, permaneceu parado pressionando o fone na orelha. Eu conseguia ouvir o zumbido baixo da voz do outro lado da linha.

— M-m-m-m-mas... — gaguejou Tom, ficando pálido de repente.

Ele prendeu a respiração, e o rosto dele, branco feito papel, travou numa expressão atordoada.

— Não — sussurrou, então ergueu o cotovelo como se fosse afastar o fone da orelha. Depois repetiu, cada vez mais alto: — Não. Não. Não!

Tom apoiou a mão livre no vidro da cabine e empurrou com força, como se tentasse afastar o fone da orelha. O aparelho se soltou com um som molhado e de algo se rasgando, e nesse instante vi que algo foi junto com o objeto. Começou a escorrer sangue pela lateral da cabeça dele, descendo pela gola da camiseta. Quando olhei para o fone, não acreditei no que vi. Metade da orelha de Tom estava presa no aparelho ensanguentado, e o que aconteceu em seguida foi além da minha compreensão. Primeiro, o sangue foi sugado pelos minúsculos buracos pretos do fone; depois, pouco a pouco, o pedaço da orelha desapareceu, como quando se lava um prato e o resto de comida desce pelo ralo da pia.

— Richard — sussurrou Tom com a voz trêmula, as lágrimas escorrendo pelo rosto, aparentemente sem perceber que estava sem metade da orelha. — E-e-e-ele disse que você e eu... — Ele usou a mão para tapar o fone e impedir a pessoa de ouvir. — A g-g-g-gente vai...

— Tom! — gritei. — Sua mão! Larga o telefone!

Quando Tom olhou, percebeu que metade dos dedos dele tinha sido sugada pelos buracos.

Com a outra mão, ele agarrou o fone e tentou soltar a mão presa, mas não conseguiu. O telefone começou a emitir um som de sucção, como quando o meu tio Frank toma sopa, e outra parte da mão dele desapareceu dentro do fone. Agarrei o telefone e tentei afastá-lo de Tom, mas também não consegui, o fone já havia devorado o antebraço quase até a altura do cotovelo. Era como se ele e o telefone fossem uma só criatura. Enquanto eu berrava sem parar, algo bizarro acontecia com Tom. Ele me olhou e deu uma risada, como se não estivesse doendo muito e aquilo fosse tão ridículo que ele não conseguisse evitar essa reação. Também não havia sangue, era como se o fone fizesse a mesma coisa que eu tinha lido que alguns insetos fazem com a presa: injetam uma substância que transforma a carne numa gosma para poder sugá-la. Quando o fone chegou ao cotovelo, o som que escutei foi o mesmo de quando se coloca uma coisa que não deveria num liquidificador: um barulho brutal de algo sendo triturado. Tom também começou a gritar. O cotovelo se despedaçou, como se algo debaixo da pele quisesse sair. Abri a porta com um chute, me posicionei atrás de Tom, agarrei-o pelo tronco com os dois braços e tentei puxá-lo com toda a força. Só consegui trazer metade do corpo dele para fora da cabine, o cabo estava esticado e o fone continuava mastigando o braço dele. Comecei a abrir e fechar a porta da cabine com força, tentando acertar e quebrar o telefone, mas o cabo era muito curto e eu só acertava o ombro de Tom. Ele berrou de dor quando finquei os calcanhares no chão e o puxei com toda a força, mas, centímetro a centímetro, meus tênis foram escorregando na terra úmida em direção à cabine telefônica e ao som repugnante de algo sendo triturado que os berros de Tom não conseguiam abafar. Aos poucos, Tom foi arrastado de volta para dentro da cabine telefônica por forças ocultas que eu não fazia ideia de onde vinham ou do que eram. Por fim, não consegui mais segurá-lo: soltei o tronco dele e fiquei do lado de fora, segurando apenas o braço que ainda estava preso na fresta da porta. O fone estava prestes a consumir o ombro de Tom quando ouvi o som de um veículo se aproximando. Soltei o braço dele e corri para a estrada, gritando e acenando. Era outro caminhão de transporte de madeira. Mas quando cheguei à beira da estrada era tarde demais, só vi as lanternas traseiras desaparecendo na escuridão.

Corri de volta para a cabine. Estava silenciosa, Tom havia parado de gritar. A porta estava fechada. A condensação no interior dos painéis de vidro impedia que eu enxergasse o que estava acontecendo, mas pressionei o rosto e vi Tom. E ele me viu. Estava em silêncio, com o olhar resignado de uma presa que parou de lutar e aceitou o destino. O fone chegou à cabeça, devorou uma bochecha, e ouvi estalos quando alcançou a arcada dentária de Tom.

Eu me virei, apoiei as costas na cabine e deslizei até me sentar no chão e sentir a terra fria e úmida empapar a minha calça.

2

Eu estava sentado numa cadeira no corredor da delegacia. Era tarde; já havia passado da hora de dormir, por assim dizer. Vi o delegado na outra ponta do corredor. Tinha olhos pequenos e nariz arrebitado — dava para ver as narinas dele, o que me fez pensar num porco. Estava enrolando a ponta do bigode com o polegar e o indicador enquanto conversava com Frank e Jenny, que é como os chamo. Seria estranho chamá-los de tio e tia, tendo em vista que os conheci no dia em que foram me buscar dizendo que dali em diante eu passaria a morar com eles. Quando entrei em casa desesperado e contei o que havia acontecido com Tom, eles ficaram me olhando sem reação. Em seguida, Frank ligou para o delegado, que ligou para os pais de Tom e pediu que fôssemos à delegacia. Respondi a um monte de pergunta, depois me sentei e esperei enquanto o delegado mandava uma equipe até a cabine telefônica para iniciar as buscas. Depois tive que responder a mais perguntas.

Parecia que Frank e Jenny estavam discutindo alguma coisa com o delegado e de vez em quando olhavam para mim. Tive certeza de que os três chegaram a um acordo quando Frank e Jenny se aproximaram de mim de cara séria.

— Podemos ir — disse Frank, seguindo direto para a saída, enquanto Jenny parou e pôs a mão no meu ombro para me consolar.

Entramos no carro japonês compacto deles, eu no banco de trás, e partimos em silêncio. Mas eu sabia que não demoraria muito para começar: a enxurrada de perguntas. Frank pigarreou uma vez. Outra.

Frank e Jenny eram boas pessoas. Boas demais, diriam alguns. No ano passado, por exemplo, logo depois que cheguei, taquei fogo num matagal alto e seco perto da serraria abandonada. Se o meu tio e cinco vizinhos não tivessem chegado rápido, sabe-se lá o que poderia ter acontecido. Claro que foi uma baita vergonha para Frank, porque ele era o comandante do corpo de bombeiros, mas nem por isso eles me deram bronca ou me colocaram de castigo. Em vez disso, tentaram me consolar, provavelmente achando que eu estava muito mal com o que tinha acontecido. Depois do jantar, ele pigarreou do mesmo jeito de agora e se limitou a recomendar que eu não brincasse mais com fósforos. Como falei, Frank era comandante do corpo de bombeiros. Jenny era professora do ensino fundamental, e eu não faço ideia de como eles conseguiam manter a disciplina no trabalho. Se é que conseguiam. Frank pigarreou outra vez; estava claro que não sabia por onde começar. Decidi facilitar.

— Não estou mentindo — falei. — Tom foi devorado pelo telefone.

Silêncio. Frank encarou Jenny com um olhar resignado, como que passando a bola para ela.

— Meu bem — começou Jenny, num tom baixo e gentil. — Não tinha nenhuma evidência lá.

— Tinha, sim! Encontraram marcas dos meus calcanhares no chão.

— Mas não de Tom — interveio Frank. — Dele não encontraram nada.

— Porque o telefone engoliu ele inteiro.

Óbvio que eu sabia que parecia loucura. Mas eu ia dizer o quê? Que o telefone *não* tinha engolido Tom?

— O que o delegado falou? — perguntei.

Jenny e Frank trocaram outro olhar.

— Ele acha que você está em estado de choque — disse Frank.

Isso eu não tinha como negar. Acho que eu estava em choque *mesmo*: sentia o corpo entorpecido, a boca seca e a garganta arranhando. Era como se estivesse com vontade de chorar, mas alguma coisa bloqueasse as lágrimas.

Passamos de carro pelo morro da cabine. Eu imaginava que a área estaria toda iluminada, cheia de grupos de busca, mas, quando olhei, o lugar estava escuro e deserto, como sempre.

— Mas o delegado prometeu que iam procurar Tom! — reclamei.

— Estão procurando — disse Frank. — Perto do rio.

— Perto do rio? Por quê?

— Porque alguém viu você e Tom entrando na floresta e indo em direção à ponte. O delegado disse que, quando perguntou se vocês tinham ido para perto do rio, você respondeu que não. Por quê?

Cerrei os dentes e olhei pela janela. Fiquei vendo a cabine telefônica desaparecer na escuridão atrás de nós. O delegado não me disse que alguém tinha visto a gente. Talvez só tenha descoberto depois de falar comigo. E fez questão de dizer que a conversa não era um depoimento formal, então imaginei que não precisava contar absolutamente tudo; pelo menos não as coisas que não tinham a ver com o que havia acontecido, como o boneco do Luke Skywalker que eu tinha roubado ou o fato de Tom estar fazendo uma coisa que os pais proibiram. Não se dedura um amigo, mas tínhamos sido descobertos.

— A gente passou um tempo na ponte — confessei.

Frank ligou a seta e parou no acostamento. Ele se virou para mim. Eu mal conseguia ver o rosto dele na escuridão, mas sabia que agora era sério. Ao menos para mim, porque Tom já havia sido comido.

— Richard...

— Sim, Frank.

Ele odiava quando eu o chamava pelo nome, mas, em certas situações — como essa —, era inevitável.

— A gente teve que lembrar ao delegado McClelland que você é menor de idade e ameaçar chamar um advogado para que você fosse liberado. Ele queria manter você lá para fazer um interrogatório no meio da madrugada. Está convencido de que alguma coisa aconteceu no rio. E de que você está mentindo por causa disso.

Eu estava prestes a negar e dizer que não estava mentindo, mas percebi que eles haviam descoberto.

— Então, o que aconteceu perto do rio? — perguntou Frank.

— Nada — respondi. — A gente ficou olhando a água.

— Da ponte?

— Isso.

— Ouvi dizer que os garotos tentam se equilibrar no guarda-corpo.

— Sério? Bem, não tem muito o que fazer por aqui para se divertir.

Segui olhando para a escuridão. Quando vim morar em Ballantyne, fiquei impressionado com tamanha escuridão ainda em pleno outono. A cidade em que eu morava era sempre iluminada, mas aqui dava para contemplar a noite escura sem absolutamente nada no céu. Quer dizer, claro que havia coisas, mas tudo devia estar escondido atrás de toda aquela substância estranha e escura.

— Richard — disse Jenny, num tom muito, muito suave —, Tom caiu na água?

— Não, Jenny — respondi, imitando o tom gentil dela. — Tom não caiu na água. A gente pode ir para casa agora? Tenho aula amanhã.

Os ombros de Frank se ergueram, depois relaxaram. Percebi que ele estava se preparando para dizer alguma coisa.

— O delegado McClelland acha que pode ter sido um acidente, que você empurrou Tom e se sente culpado, por isso está mentindo.

Respirei fundo, apoiei a cabeça no encosto do banco e fechei os olhos. Mas tudo que consegui ver foi o telefone devorando a bochecha de Tom, então os abri de volta e disse:

— Não estou mentindo. Eu menti sobre o rio porque Tom não podia ir lá.

— Segundo McClelland, existem provas de que você está mentindo sobre outra coisa também.

— Hã? O quê?

Frank me contou.

— É ele que está mentindo! — falei. — Vamos voltar lá, eu posso provar!

Quando Frank saiu da estrada, os faróis iluminaram a cabine telefônica e as árvores que margeavam a floresta, lançando sombras fantasmagóricas que pareciam correr junto aos troncos. Assim que o carro parou, saltei e corri para a cabine.

— Cuidado! — gritou Jenny.

Não que eu ache que ela acreditasse em mim, mas o lema de vida de Jenny parecia ser "cautela e canja de galinha não fazem mal a ninguém".

Abri a porta e olhei para o fone encaixado ao lado da caixa de metal. Alguém — provavelmente um policial enviado pelo delegado — deve tê-lo colocado de volta no gancho, porque quando saí dali mais cedo o fone estava pendurado e Tom havia sumido, sem deixar um cadarço sequer para trás.

Com cuidado, dei um passo para dentro da cabine, peguei a lista telefônica amarela e saí. À luz dos faróis, procurei Ballantyne, depois encontrei a letra J e passei o dedo pela mesma página que tinha aberto naquela tarde.

Johansen. Johnsen. Jones. Juvik.

Senti um calafrio e verifiquei de novo. Mesmo resultado. Eu estava na página errada?

Não, reconheci os outros nomes e o anúncio do cortador de grama.

Mas Frank tinha razão sobre o que o delegado tinha dito.

Olhei mais de perto para ver se alguém poderia ter apagado o nome, mas não havia espaço entre Johnsen e Jones.

Não tinha mais nenhum Jonasson, Solvosse na lista telefônica.

3

— ALGUÉM TROCOU A lista telefônica — falei. — É a única explicação que consigo imaginar.

Karen estava sentada com as costas apoiadas no tronco do carvalho, olhando para mim.

Estávamos no intervalo na escola. Os garotos jogavam bola e as garotas pulavam amarelinha. No ano que vem, começaríamos o ensino médio, mas na prática isso só significava que mudaríamos para o prédio do outro lado do pátio, com uma área para fumantes que eu sabia que acabaria frequentando. O lugar dos rebeldes. Dos sem futuro. Karen era uma exceção. Era rebelde, mas tinha um belo futuro pela frente.

— Qual é a sensação de ninguém acreditar em você? — perguntou, afastando a franja loira infantil do rosto sardento.

Karen era a maluquinha da turma. E a mais inteligente. Transbordava energia, vivia gargalhando e aprontando. Não conseguia evitar andar meio que dançando, usava roupas esquisitas que ela própria fazia em casa e levariam qualquer outra pessoa a ser alvo de gozação. Respondia aos professores grossos com a mesma grosseria e caía na gargalhada quando eles não conseguiam rebatê-la. Não se limitava a fazer o dever de casa: ia além e às vezes dava a impressão de que sabia mais que os professores. Era a melhor aluna da turma em inglês, educação física e em todas as outras matérias. E era valente. Percebi isso no primeiro dia na escola: não sentia medo de mim, só curiosidade. Conversava com todo mundo, até com o pessoal da casta dos piranhas. Notei que, no intervalo, Oscar Rossi Jr. — que dava toda a pinta de ser apaixonado por Karen — ficava de olho quando ela se aproximava da minha casta com aquelas pernas longas e finas, em vez de ficar com ele e com a turma popular. No primeiro intervalo do meu primeiro dia, ela parou na minha frente com as mãos na cintura, inclinou a cabeça com um sorriso irônico e disse:

— Ser novato é uma merda, né?

Karen era assim com todo mundo das castas inferiores. Fazia perguntas. Escutava com atenção. E acho que se interessava de verdade pela gente, porque eu não via o que tinha a ganhar se esforçando para ser querida por gente como a gente. A única coisa que ela recebia em troca era a gente se acostumando a tê-la por perto e querendo cada vez mais a atenção dela. O que também estava tranquilo para ela, porque, se não estava a fim, falava de forma tão direta e natural, tão autêntica, que ninguém se ofendia.

— A gente já conversou bastante hoje, Tom. Tchau!

Claro que eu fazia de tudo para não transparecer que queria a atenção dela.

O problema era que eu suspeitava que ela já havia percebido.

Karen nunca deixou claro que sabia, mas, sempre que a gente conversava, ela me encarava com aquele sorriso de lado de quem tinha plena consciência da situação, por isso eu fazia questão de cortar a conversa antes dela. Não era fácil, porque, ao contrário dela, eu não tinha outra coisa para fazer. Mas talvez estivesse funcionando, talvez ela tenha se interessado pelo garoto da cidade grande que tentava resistir aos encantos dela, porque o fato é que ela vinha falar comigo cada vez mais.

— Quer saber? — falei. — Caguei para o que eles pensam, eles que se fodam. Eu estava lá, vi o que aconteceu. Tom foi devorado, e o nome Solvosse Jonasson estava naquela merda de lista telefônica.

— São muitos palavrões em três frases — comentou Karen, sorrindo. — De onde acha que vem essa raiva toda?

— Não estou com raiva.

— Não?

— Estou com raiva porque...

Karen esperou.

— Porque eles são todos uns idiotas — completei.

— Hummm — disse ela e olhou para os outros no pátio da escola.

Os garotos da nossa turma estavam montando um time para jogar futebol contra a turma um ano mais nova e chamaram Oscar Rossi Jr., que, embora fosse só o terceiro ou quarto melhor jogador, era o capitão. Oscar fez que não queria com o dedo. Estava sentado num banco com Henrik, o gênio da matemática da nossa turma, que estava dando uma explicação e apontando para o livro de Oscar. Mesmo assim, pela linguagem corporal parecia que era Oscar quem estava fazendo um favor a Henrik, e não o contrário. Oscar estava nitidamente tentando se concentrar; afastou a franja morena e volumosa do rosto e não tirava o olho do livro. Tinha olhos castanhos com traços femininos, tão bonitos que vez ou outra até garotas do ensino médio cruzavam o pátio na frente dele para tentar chamar a atenção. Mas de vez em quando ele tirava os olhos do livro e prestava atenção no que Karen e eu estávamos fazendo.

— Você nunca me falou nada dos seus pais — comentou Karen, passando os dedos longos e esguios pelas raízes que se projetavam do tronco como veias grossas antes de mergulharem na terra.

— Não tenho muito o que dizer — respondi, sem desviar os olhos de Oscar Jr. e Henrik. — Morreram num incêndio, tenho poucas lembranças deles.

Oscar Jr. tirou a cara do livro outra vez e os olhos dele encontraram os meus, azuis e frios. Ele era sempre muito simpático, animado e encantador, de um jeito que claramente só incomodava a mim. Então, quando percebi um leve traço de hostilidade nos olhos dele, a princípio imaginei que fosse uma reação automática ao fato de ele ver a mesma hostilidade nos meus. Na hora, me ocorreu que talvez tivesse deduzido que eu havia roubado seu boneco do Luke Skywalker — afinal, era o terceiro ou quarto aluno mais inteligente da nossa turma, anos-luz atrás de Karen. Mas depois me dei conta de que não era isso. Aquele olhar era de ciúme, puro e simples, o que me encheu de satisfação. Ciúme porque Karen estava sentada ali, me dando atenção, em vez de ficar rodeando o macho alfa. De repente, tive vontade de abraçar Karen só para deixá-lo roxo de inveja. Mas ela me afastaria e eu não queria dar esse gostinho a ele.

— Então você não se lembra de nada dos seus pais? — perguntou Karen, num tom tranquilo e simpático.

— Foi mal, a minha memória é péssima. Por isso eu me ferro nas provas. Quer dizer, por isso e porque sou burro, óbvio.

— Você não é burro, Richard.

— Eu estava brincando.

— Eu sei. Mas às vezes, quando se repete muito uma mentira, ela começa a se transformar em verdade.

O sinal tocou, e senti um aperto no peito. Não porque teríamos que entrar e ficar ouvindo a Srta. Trino na aula de geografia — no fundo, qualquer coisa que afastasse os meus pensamentos de Ballantyne era bem-vinda —, mas porque eu queria que aquele momento durasse um pouco mais. Karen se levantou, e dois livros caíram da mochila dela.

— Karen! — chamei e me abaixei para pegá-los. Olhei para as capas. Numa delas, *Senhor das moscas*, de William Golding, tinha uma cabeça de porco cravada numa estaca. Na outra, *A metamorfose*, de Franz Kafka, havia um inseto grotesco que parecia uma barata. — Legal. Onde arranjou esses livros?

— Com a Sra. Zimmer, na biblioteca.

— Caramba, não sabia que eles tinham coisas tão sinistras.

— A Sra. Zimmer tem coisas muito mais sinistras que essas. Já ouviu falar de magia das trevas e magia da luz?

— Já. Quer dizer... não. O que são?

— Encantamentos que podem destruir ou salvar a vida das pessoas.

— E a senhora que cuida da biblioteca tem livros sobre isso?

— Dizem que sim... Você é de ler?

— Não, eu gosto mais de cinema. — Entreguei os livros. — E você? Gosta de filmes?

— Adoro — respondeu ela com um suspiro. — Mas não tenho visto muitos.

— Por quê?

— Primeiro, porque daqui até Hume é uma hora e meia de viagem, e segundo, porque todo mundo que conheço só quer ver filme de ação ou de comédia.

— Se tivesse um cinema aqui em Ballantyne, o que você veria, então?

Ela pensou a respeito.

— Qualquer coisa, menos filme de ação e de comédia. Gosto de filmes antigos, daqueles que passam na TV. Sei que parece coisa de velha, mas a minha mãe tem razão: se o filme não foi esquecido, ele deve ser bom.

— Concordo. Como *A noite dos mortos-vivos*.

— Que filme é esse?

— Um filme antigo de zumbi. O meu pai dizia que foi o primeiro do gênero. A gente foi pescar quando eu tinha 10 anos e ele me contou o filme todo, cena por cena. Meses depois, passou na TV, e eu fiz um escarcéu para assistir com ele. Mesmo já sabendo o que ia acontecer em cada cena, tive pesadelos por semanas. Acho que foram os melhores noventa e seis minutos da minha vida.

Karen deu uma risada.

— E você aprendeu alguma coisa com ele?

Pensei na pergunta.

— Ã-hã. Aprendi que, se você quer mesmo matar uma pessoa, tem que fazer duas vezes. Tem que destruir o cérebro, tacando fogo, por exemplo. Porque senão eles voltam.

— O filme acaba assim?

— Foi assim que o meu pai acabou.

— Entendi — disse ela, dando outra risada. — Dá muito medo?

— Sim e não. É mais a atmosfera. Mas acho que ele não é só para maior de idade.

— Interessante. Deu vontade de assistir.

— Ele passa muito em cineclubes, lugares do tipo. Eu posso...

Parei no meio da fala. Forcei uma tosse rezando para Karen não ter percebido que eu quase a convidei para ir ao cinema. Em Hume. Porque eu não tinha carro nem carteira de motorista. E, mesmo se tivesse, é óbvio que ela teria dito "não". Com educação e uma boa desculpa, mas nem por isso ia doer menos.

Karen pareceu notar que eu estava a ponto de cometer um erro e, para mudar o rumo da conversa, mostrou os livros e comentou:

— Mas esses dois livros também dariam bons filmes.

Fiz que sim com a cabeça e me agarrei ao bote salva-vidas, agradecido.

— Também parecem filme de terror, né?

— Sim e não — respondeu ela, me imitando. — São como os filmes de que eu gosto. Antigos, mas não esquecidos.

— São bons?

— São. E para ser escritora é preciso ler os melhores.

— É o que você vai ser?

— Vou tentar. Se não for boa o bastante, vou me casar com um dos melhores.

Karen deu uma das suas gargalhadas loucas e selvagens e foi embora dançando, descontrolada, como se estivesse sem rumo e fosse cair a qualquer momento. Mas isso não passava de ilusão, porque Karen jamais perdia o equilíbrio, estava sempre no controle de tudo, como uma gata. Se alguém a empurrasse de um terraço ela cairia de pé, em segurança, ao contrário do que acontece com gente como eu.

4

DEPOIS DA AULA, VOLTANDO para casa pelo atalho que cruza a floresta, ouvi passos no cascalho atrás de mim. Eu me virei e vi três garotos de bicicleta. Tinha visto dois deles mais cedo naquele dia. Eram do ensino médio, e durante um intervalo passaram para o nosso lado da escola, como se quisessem me observar. Agora estavam acompanhados de um garoto maior que eu nunca tinha visto. Parecia o irmão mais velho de alguém, porque tinha cara de quem poderia estar andando de moto e não de uma criança andando com aquela bicicleta Apache de aro pequeno. Eles passaram por mim e pararam à minha frente, bloqueando o caminho estreito. O garoto que eu não conhecia desceu da bicicleta e um dos outros a segurou para ele se aproximar de mim. Usava uma daquelas camisas de flanela que os adultos da região adoravam. Eu já conseguia imaginar o que estava acontecendo.

— Cadê Tom? — perguntou ele, curto e grosso.

— Se foi — respondi.

— Fala sério. O que você fez com ele?

Ele parou, afastou as pernas com os joelhos levemente dobrados e se inclinou para a frente, como que mostrando que estava pronto para atacar.

— Comi ele — falei. — Com sal e pimenta. Muita pimenta.

Por um instante ele pareceu atordoado. Os garotos mais novos me encararam de olhos arregalados. O mais velho deve ter sentido que os dois estavam me olhando, porque deu um passo titubeante à frente e os olhos dele acompanharam as minhas mãos quando as enfiei nos bolsos.

— Três contra um — falei. — Qual é o problema? Está com medinho?

— Cospe logo o que aconteceu, seu merdinha da cidade grande — ordenou ele, mais tenso.

Cuspi no chão na frente dele.

— Pronto, cuspi. Agora lambe.

Não sei se ele percebeu que eu não tinha nada no bolso ou que só estava falando da boca para fora, mas deu um passo rápido para a frente e me socou. Primeiro uma vez, depois — quando viu que eu não tinha como reagir — outra, e por fim uma terceira vez. Então me agarrou pela cintura, me jogou no chão e se sentou no meu peito.

— Você está chorando — disse ele.

— Não — respondi, sentindo as lágrimas quentes escorrerem pelo canto dos olhos e descerem pelas têmporas.

— Cadê Tom?

— Pergunta para o telefone.

— Você vai acabar na cadeia se mentir para a polícia — avisou ele, e nessa hora me dei conta de que Ballantyne inteira sabia da minha história. Não do que eu tinha visto, mas da minha *história*. Circulavam inúmeras teorias sobre o que de fato havia acontecido, mas uma coisa era certa: em todas eu era culpado.

Os outros dois ousaram se aproximar.

— Andem logo — sussurrei. — Não tem ninguém olhando.

— Hã? — disse o cara sentado em cima de mim.

— Me levem para a floresta e me torturem até arrancar a verdade — sussurrei. — Depois podem me enforcar ou bater uma pedra na minha cabeça. Mas se lembrem de garantir que não vou estar respirando no fim, porque se eu sobreviver vou contar o que aconteceu. Não sei se vocês sabem, mas eu sou linguarudo.

O cara de camisa de flanela me olhou como se eu fosse a coisa mais insignificante do mundo. Então se virou para os outros dois.

— Vocês não me disseram que ele era maluco.

— Mas a gente avisou... — começou um deles, hesitante.

— Tá, mas não *totalmente lelé da cuca* — interrompeu o cara de camisa de flanela, irritado, saindo de cima de mim.

Segundos depois, eles montaram de volta nas bicicletas e desapareceram.

Desci até a curva que o rio fazia debaixo da ponte, onde havia um remanso. Limpei o sangue e a terra do rosto e tentei ver o meu nariz no reflexo da água. O movimento do rio não permitia que eu visse o tamanho do estrago, mas, pelo latejar no olho, a região estava no mínimo bem inchada.

Quando entrei em casa, passei de fininho pela sala. Frank estava lendo o jornal. Tinha feito plantão noturno na sede do corpo de bombeiros e estava de folga. Ouvi a voz dele assim que entrei no banheiro e confirmei que havia um baita inchaço acima do olho esquerdo.

— Como foi a escola hoje?

— Tranquila — respondi de porta aberta.

— Tranquila?

— É — confirmei. — Não tive prova.

Eu sabia que ele não estava a fim de ouvir piadinhas sem graça, mas o fato é que eu não tinha o que dizer em relação ao que ele queria saber de verdade. Eu não queria que ele intercedesse por mim, porque ninguém quer ser o cara que leva uma surra. Um piranha de verdade é quem *bate* nos outros.

A porta de casa foi aberta. Era Jenny, e de repente ela estava em frente ao banheiro segurando sacolas de compras.

— Oi — disse ela. — Como você está?

— Ótimo — murmurei, aproximando o rosto do espelho e fingindo espremer uma espinha, para ela não ver nada.

— Hoje a janta é lasanha — anunciou num tom de expectativa, porque em algum momento, provavelmente para agradá-la, eu disse que a lasanha dela era a melhor do mundo.

— Mal posso esperar — comentei, sem entusiasmo.

Quando ouvi que ela estava na cozinha, voltei de fininho pelo corredor e calcei os tênis de novo.

— Para onde você vai? — perguntou Frank. Para alguém que estava lendo jornal, ele claramente estava prestando mais atenção do que parecia.

— Para o cinema — respondi, saí e fechei a porta.

5

A BIBLIOTECA FICAVA NO fim da rua principal. Enquanto a maioria dos prédios ao longo dos duzentos metros do centro de Ballantyne tinha dois andares e era de tijolos, a biblioteca era um prédio estreito de madeira, tinha quatro andares e era separado das outras construções por becos. Era como se a biblioteca pública de Ballantyne não quisesse se misturar com seus vizinhos inferiores.

Eu jamais havia entrado na biblioteca. Jenny e Frank tinham pedido um cartão no meu nome, mas é óbvio que eu nunca tinha usado.

A porta se fechou atrás de mim, e fiquei ali, parado, na penumbra, me perguntando se estava fechada. Talvez silêncio seja normal na biblioteca, mas eu não ouvia som nenhum nem via ninguém, só lombadas de livros nas prateleiras que se estendiam até o teto. Alguns tinham sobrecapa, outros não; alguns estavam novinhos em folha, outros tão velhos que parecia que iam se desfazer. Uma placa informava que o prédio e os livros tinham sido doados à cidade de Ballantyne em 1920 por Robert Willingstad. Fazia mais de meio século, por isso era esperado que alguns exemplares estivessem estropiados.

Ouvi um espirro vindo das entranhas do edifício. Outro. Tinha alguém aqui. Notei que os livros estavam organizados em ordem alfabética de sobrenome e comecei a procurar pela letra K. Tive que pegar uma escadinha para chegar às prateleiras de cima. Demorei um tempo, mas no fim tive quase certeza de que havia encontrado o que estava procurando. Desci, me enfiei mais para dentro do prédio, passei por fileiras e fileiras de estantes até chegar a um lugar que parecia o balcão.

E ali estava.

— Seu nariz está sangrando, meu rapaz — disse a senhora de cabelo grisalho atrás do balcão, com um crachá no vestido que dizia "Sra. Zimmer, bibliotecária", embora não houvesse a menor chance de alguém ser confundido com ela ali. A Sra. Zimmer arrancou um lenço do rolo que tinha à sua frente e me entregou antes de eu limpar o nariz na manga.

Então deu um espirro forte e tirou um lenço para si.

— É a poeira dos livros — comentou, limpou o nariz e olhou para os dois livros que eu havia colocado no balcão. — Está pegando esses livros emprestados para quem, meu rapaz?

— Como assim?

— Me desculpe, é só curiosidade. É que aqui em Ballantyne não tem muita gente que goste de ler alta literatura.

— Os dois são para mim.

— Você... — começou ela, me olhando por cima dos óculos de leitura presos por um cordão nas hastes. — Você vai ler *A metamorfose*, de Franz Kafka, e *Senhor das moscas*, de William Golding?

— Me disseram que são bons.

A Sra. Zimmer sorriu.

— Sem dúvida, meu rapaz. Mas não são de leitura fácil, por assim dizer. Nem para adultos.

— Nem tudo precisa ser fácil.

Ela abriu um sorriso tão largo que os cantos da boca quase alcançaram os olhos. Parecia prestes a dar uma risada.

— Você vai longe, porque isso é a mais pura verdade.

Gostei dela. Acho. Talvez só porque ela foi legal comigo.

Ela abriu uma gaveta, e vi fileiras de cartões em caixas de madeira retangulares.

— Qual é o seu nome, meu jovem?

— Richard Elauved.

Mesmo de cabeça abaixada enquanto manuseava as fichas, vi a expressão dela enrijecer. Pelo jeito não era preciso fazer muita coisa para virar celebridade em Ballantyne. Bastava falar de um telefone comedor de gente.

Ela carimbou dois cartões para cada livro. Guardou um de cada numa caixa de madeira e os outros colocou dentro dos respectivos livros.

— Pois é. — Ela suspirou. — É sempre triste quando crianças desaparecem.

Olhei para ela com cara de quem não entendeu. Ela apontou para *Senhor das moscas*, e percebi que estava falando do livro. Pelo menos foi a impressão que deu.

Voltei pelo caminho que fiz para entrar e o silêncio ainda reinava. Mas, ao passar pela placa com o nome de Willingstad, notei uma escada encostada na parede. Como não a vi ao entrar? Não era uma escada comum, era de metal e tinha corrimão, como uma escada de bombeiro. E de fato era uma escada de bombeiro, eu tinha visto uma igual quando Frank me mostrou a sede. Olhei para cima, além da escada e das estantes, para as lâmpadas que pendiam do teto. Acima delas estava tão escuro que o alto da escada e das estantes quase desaparecia.

Só dava para ver uma fileira de lombadas amarelas.

Hesitei. Eu estava enganado ou recentemente tinha visto uma lombada muito parecida com aquelas?

Balancei a escada para ter certeza de que estava firme.

Parecia segura. Ouvi um espirro distante. Que mal faria dar uma olhada?

Coloquei o pé no primeiro degrau, respirei fundo e comecei a subir.

Tenho medo de altura. Tenho medo do escuro. Tenho medo de água. Tenho medo de fogo. E tenho medo de telefones. Mas, acima de tudo, tenho medo de sentir medo. Quer dizer, não tenho medo de sentir medo de verdade, como acontece quando assisto a um filme de zumbi com o meu pai. Mas tenho medo de sentir tanto medo a ponto de algo se quebrar, como uma chave que quebra dentro da fechadura, de o corredor entre o quarto e a porta de casa pegar fogo, de ficar preso no terror e nunca mais conseguir sair dele.

Mas continuei subindo, degrau por degrau, sem olhar para baixo. Quando passei das lâmpadas e cheguei às lombadas amarelas, confirmei a suspeita.

Listas telefônicas.

Havia doze delas, uma para cada ano, ordenadas da esquerda para a direita. Peguei a mais antiga e desci rápido, sem pensar na altura. Eu me sentei no piso de parquê escuro de pernas cruzadas e procurei a letra J. Corri o dedo pela página.

Johansen. Johnsen. Jonasson...

Senti o coração parar. E logo em seguida voltar a bater, agora forte e rápido, enquanto o meu dedo ia para a direita.

Solvosse. Estrada Floresta do Espelho, 1, Ballantyne. 290-3386.

6

Falei com a moça no balcão de informações da delegacia, que me informou que o delegado McClelland estava ocupado na sala de reuniões, mas que eu poderia esperá-lo. Ali, sentado, ouvi vozes e vi o movimento através das paredes de vidro fosco da sala onde eu mesmo havia conversado com o delegado no dia anterior. Em seguida, olhei para fora do prédio pela janela, para o estacionamento entre a delegacia e o corpo de bombeiros, com atenção especial para um carro enorme que tinha visto ao chegar, o tipo de automóvel antigo e chamativo que costumava ver nas revistas de carros de Frank. Acho que foi numa delas que vi um desse modelo, porque havia algo estranhamente familiar nele. A moça do balcão entrou na sala de reuniões e logo saiu apressada com o delegado McClelland.

— Olha quem está aqui! — disse ele, com um sorriso de orelha a orelha, como se a minha visita fosse bem-vinda e totalmente esperada. — Você se adiantou, Richard! Eu ia pedir que você viesse aqui conversar com a gente. Vem comigo.

Dei uma olhada de relance no interior da sala de reuniões e vi um homem de terno preto e cabelo mais preto ainda, de costas, olhando pela janela. Então segui McClelland até a sala dele.

Ele arrastou uma cadeira da parede até a mesa, que estava tomada de pilhas de papéis, e pediu que eu me sentasse.

— Vai um achocolatado, Richard?

Fiz que não com a cabeça.

— Certeza? Margareth faz um ótimo...

— Certeza — interrompi.

— Certo. — McClelland me olhou com atenção. — Vamos direto ao assunto e acabar logo com isso.

Ele se sentou do outro lado da mesa. Como eu estava numa altura mais baixa, não conseguíamos fazer contato visual por cima das pilhas de papel.

— O que você veio falar comigo, Richard? — perguntou com a voz suave.

Peguei a lista telefônica de dentro do casaco e coloquei na frente dele.

McClelland não olhou para a lista telefônica e continuou me encarando. Parecia decepcionado.

— Na página com orelha — falei, apontando. — Jonasson.

Ele abriu o livro.

— "Solvosse Jonasson" — leu ele.

— Viu?

McClelland me encarou.

— E daí? Solvosse Jonasson faz parte da história dessa cidade, é tão velho quanto essa lista telefônica e não tem nada a ver com o desaparecimento de Tom — rebateu o delegado, deixando de lado a tranquilidade e adotando um jeito ríspido e seco.

— Tem, sim. Eu falei que...

— Eu me lembro muito bem do que você falou, Richard, mas telefones não comem gente, tá? — Ele apontou para a janela. — Os grupos de busca vasculharam a região a noite toda. Agora, o que eu, os pais de Tom e toda a cidade de Ballantyne precisamos é que você conte tudo o que sabe sobre o que aconteceu com Tom.

— Eu já falei, mas você não quer escutar.

McClelland respirou fundo e olhou pela janela.

— Eu estava torcendo para você ter vindo aqui contar a verdade. Como não é o que está fazendo, só me resta presumir que, de uma forma ou de outra, você é o culpado. Como você tem 14 anos, a lei te protege, e tenho certeza de que sabe disso. A gente não pode sequer interrogar você de novo. Mas... — McClelland se inclinou por cima das pilhas de papel. O rosto redondo dele estava tão corado que contrastava com o bigode loiro, me lembrando o Papai Noel. Quando voltou a falar, a voz dele não passava de um sussurro afônico. — Eu sou o delegado de Ballantyne, sou amigo da família de Tom, e, se a gente não encontrar Tom, vou pessoalmente me certificar de que você, Richard Elauved, seja trancafiado num lugar tão escuro e isolado que ninguém nunca mais vai te achar. Se você acha que existe uma única alma em Ballantyne que se importa com o destino do garoto arrogante da cidade que tirou Tom de nós, está enganado. E isso inclui Frank e Jenny.

McClelland se recostou na cadeira.

Eu o encarei.

Então me levantei, peguei a lista telefônica e fui embora.

A caminho de casa, parei em frente à vitrine da loja de brinquedos de Oscar. Havia um monte deles, porém o que mais chamou a minha atenção foi o boneco do Frankenstein. Quer dizer, era o boneco do monstro. Meu pai me explicou que o Frankenstein, na verdade, é o médico que usa a eletricidade para dar vida ao monstro. Pelo reflexo da vitrine, notei um carro vermelho do outro lado da rua. Acho que não teria notado se não fosse o mesmo carro que estava estacionado perto da delegacia. Quando atravessei a rua, ainda seguindo para casa, olhei discretamente para trás e vi o mesmo carro ao longe.

Quando cheguei, Frank estava dando a ré no carro dele para sair da garagem. Ele parou e baixou a janela, e pela farda concluí que estava saindo para o turno da noite. Estava de cara fechada.

— Por onde você andou? Jenny estava preocupada.

— E você não?

Ele franziu a testa e me olhou com cara de quem não tinha entendido.

— Entra, ela vai esquentar a sua janta.

Quando entrei no hall, Jenny apareceu com cara de quem queria me dar um abraço, então enrolei o quanto pude para tirar os tênis e escapar. Falei a verdade: disse que tinha ido à biblioteca resolver uma coisa.

A lasanha estava gostosa, e não precisei responder mais pergunta nenhuma. A não ser as que eu mesmo vinha me fazendo. Quem era Solvosse Jonasson? Quem estava dirigindo o carro vermelho? E em quem eu poderia confiar de verdade?

Naquela noite, dormi mal e tive pesadelos sobre estar preso num lugar escuro e isolado, sobre o Frankenstein e sobre zumbis.

7

— ENTÃO O DELEGADO não acreditou na sua palavra mesmo depois de você mostrar a lista telefônica com o nome de Solvosse Jonasson? — perguntou Karen.

Era hora do intervalo de almoço, e estávamos no terraço do bloco principal da escola. Karen balançava uma vara de pescar longa e flexível, fazendo a mosca artificial na ponta dançar no ar. Estava treinando para derrotar o pai, que era tetracampeão do torneio local de pesca com mosca.

— Não é que ele não acredite que a gente ligou para esse tal de Solvosse Jonasson — falei, observando a mosca sobre a abertura de uma chaminé a dez metros de nós. — Mas ele não acredita que o telefone comeu Tom.

Karen e eu subíamos para o terraço pelo menos uma vez por semana, mas ela nunca me revelou como conseguiu a chave da escada de acesso, só disse que não a devolveria enquanto o zelador e os professores não soubessem. Não sei por que ela me escolhia para acompanhá-la, talvez achasse que eu era o único que não contaria a ninguém nem tinha medo de se meter em encrenca.

Eu me aproximei com cuidado da beirada com borda de latão e olhei para o pátio da escola, seis andares abaixo. Era estranho que, quando eu estava no terraço com Karen, não sentia medo de altura, só um frio na barriga. Lá de cima as crianças de merda pareciam ainda menores. Vi o Gordão correr atrás de um garoto que tinha arrancado o gorro de lã da cabeça dele e o atirado nos galhos de um carvalho. Ele ficou ali, parado, sozinho, com os ombros caídos, olhando para o gorro preso num galho alto. Como estava de frente para o sol, não conseguia me ver no terraço.

Karen fazia uma careta enquanto descia a mosca pela entrada da chaminé.

— O telefone *comeu* Tom mesmo?

— Bom, acho que sugou mais do que mastigou. Como aqueles insetos que injetam uma substância que transforma a presa numa espécie de pasta.

— Eca! — Karen estremeceu enquanto recolhia a mosca.

— O pior é que fico me perguntando que tipo de pasta. É esquisito querer saber o gosto do seu amigo, né?

— É — disse Karen, soprando a fuligem da mosca e recolocando-a na vara. — Muito esquisito.

Eu me deitei no chão com as mãos atrás da cabeça e olhei para o céu. Nuvenzinhas brancas atravessavam o meu campo de visão.

— Com o que você acha que elas se parecem? — perguntou Karen.

Ela largou a vara e folheou o caderno que levava para todo canto. Tirou a presilha rosa de cabelo que usava como marcador e começou a rabiscar alguma coisa. Presumi que estivesse desenhando. Ou talvez estivesse treinando para ser escritora. O que quer que fosse, ela nunca me mostrava o que havia naquelas páginas.

— Está falando das nuvens? — perguntei.

— É.

— Parecem nuvens.

— Você não consegue fazer nenhuma associação?

Eu sabia o que "associação" significava, imagens que remetiam a outra coisa. Mas, ao contrário de Karen, eu não era capaz de dizer palavras do tipo como se fosse a coisa mais natural do mundo. Ela devia ser capaz porque vivia lendo. Na noite anterior, lendo Kafka, encontrei várias palavras que não entendi, e além disso era tão chato que comecei a ler o outro livro, com a cabeça de porco na capa, sobre crianças que sofriam um acidente de avião e iam parar numa ilha deserta. Gostei bem mais desse.

— O que você está vendo? — perguntei.

— O Chewbacca.

— Para você, as nuvens parecem o cara peludo de *Star Wars*?

— Não é um cara, é um wookiee. Você não consegue ver nada disso?

— Deveria ver?

— Talvez não. Mas segundo o meu pai é isso que os escritores fazem. Criam histórias a partir das nuvens.

— Então, se eu não vejo nada além das nuvens, não posso ser escritor?

— Não sei. Tenta ver alguma coisa.

Semicerrei os olhos e me concentrei. Mas lá em cima as nuvens eram todas pequenas e semelhantes, e o vento as carregava tão rápido que eu não conseguia perceber com que se pareciam. O sinal tocou.

— A gente pode continuar no próximo intervalo — disse Karen e fechou o caderno.

A gente se levantou e prestou atenção para evitar que alguém nos visse abrir a porta e descer a escada.

— Eu ia te pedir um favor — falei quando chegamos ao corredor lotado.

— É?

— Eu ia perguntar se você pode me ajudar a encontrar esse cara, Solvosse. — Eu não estava olhando para ela, mas pela forma como hesitou e prendeu a respiração percebi que iria dizer não, então acrescentei rápido: — Mas aí percebi que provavelmente não é coisa de garota.

— Como assim "não é coisa de garota"?

— Desculpa, não quis dizer...

— Nossa, não sabia que essa palavra fazia parte do seu vocabulário.

— Qual?

— “Desculpa”. Olha, eu gostaria muito de te ajudar, Richard, mas, nesse momento, acho que a melhor maneira de fazer isso é deixar você ir atrás dele por conta própria.

Chegamos ao pátio, onde o Gordão estava sozinho, sentado num banco com a cabeça entre as mãos.

— Até mais — disse Karen e me deixou sozinho.

Ela se aproximou do Gordão e pousou a mão no ombro dele. Ele a encarou, mas acho que não conseguia enxergar quase nada, porque os óculos estavam embaçados, devia estar chorando de novo. Ao ouvir a voz dela, animou-se. Somos criaturas simples. Ficamos felizes quando alguém nos trata com gentileza.

E fazemos tudo que pedem, pensei.

Entrei na sala de aula, me sentei na carteira e olhei pela janela que dava para o pátio. Vi Karen e o Gordão em frente ao carvalho. Ela estava segurando a vara de pescar no alto, aproximando a mosca do gorro preso no galho alto. Então, com um leve puxão, soltou o gorro, que caiu planando feito uma folha de árvore num dia ensolarado no início de outono, enquanto o Gordão batia palmas de alegria com as mãos rechonchudas.

8

— TÁ BOM — disse o Gordão. — Eu vou com você.

Fiquei surpreso, mas ao mesmo tempo não fiquei. Por um lado, o Gordão era um nerd que gostava de coisas de menina, ele se vestia de menina sempre que tinha uma festa a fantasia ou conseguia um papel numa peça da escola e costumava andar com as meninas. Imaginei que ele surtaria ao saber que teria que mostrar um pouco de coragem masculina. Por outro lado, ele era da casta dos piranhas e não tinha muitas oportunidades de andar com outros garotos. Eu havia notado como, às vezes, ele zanzava perto de Oscar Rossi Jr. para chamar a atenção, mas nunca arrumava nada. Não que ele fosse o único a querer ficar perto do líder do bando, mas parecia que para ele a questão ia além. Ele olhava para Oscar com um quê de desespero, com quase submissão, como um cachorro adestrado que olha para você num silêncio carregado de ansiedade, torcendo para você jogar umas migalhas no chão. E, por falar em comida, eu melhorei a proposta com um convite para ele jantar lá em casa depois. Sei lá, achei que essa tática funcionaria com um gordo. Me arrependi quando percebi que, para ele, o simples fato de andar com outro garoto era mais que suficiente, mesmo que esse outro garoto fosse eu.

Então, depois do último tempo de aula do dia, o Gordão e eu fomos para a floresta do Espelho. Tinha sido um dia quente, sinal do que estava por vir. Karen me avisou que o verão em Ballantyne era escaldante, e o inverno, polar. De repente, uma neblina branca tomou conta da paisagem e borrou os contornos de tudo.

— Por que estão deixando você sozinho? — perguntou o Gordão ainda no centro de Ballantyne.

— Como assim?

— O delegado e todo o resto. Por que não estão te interrogando o tempo todo? Quer dizer, todo mundo acha que você estava com Tom e sabe o que aconteceu com ele.

— Vai ver eu sei mesmo.

— Sabe? Você contou para o delegado?

— Contei, mas sou obrigado a guardar segredo.

O Gordão ficou me olhando. Não pareceu convencido, mas não disse nada.

Eu também me perguntava por que o delegado McClelland estava me deixando em liberdade e acho que sabia o motivo.

Não precisei me virar para saber que o carro vermelho continuava estacionado do outro lado da rua quando a gente saiu da escola. Agora eu sabia o modelo: um Pontiac LeMans. Tinha descoberto folheando uma revista de carros de Frank. Quando vi a foto, também me dei conta de onde já o tinha visto: no filme *A noite dos mortos-vivos*.

— Vamos entrar aqui — falei.

— Na biblioteca? Vamos precisar de livros?

— Não, de um atalho.

Empurrei a porta e entramos. Apoiei as costas na porta fechada e olhei pela janela ao lado.

O Pontiac estava estacionado perto da calçada, um pouco à frente.

— Vem comigo — falei e segui em direção às estantes.

A biblioteca parecia tão deserta quanto da vez anterior, nada além de livros alinhados, como que esperando alguém notá-los, como crianças num orfanato sonhando ser adotadas.

A Sra. Zimmer estava atrás do balcão, organizando o que imaginei serem os cartões de empréstimo da biblioteca.

— Já voltou? — perguntou ela e espirrou. — Bem, é muito fácil se apaixonar pelos livros.

— Pois é, Sra. Zimmer — falei. — Mas eu estava pensando em outra coisa.

— No quê?

— A gente pode sair pelos fundos?

— Para quê?

Acenei com a cabeça em direção à rua principal.

— Tem uns garotos da escola perseguindo a gente de bicicleta. Eles gostam de bater em ratos de biblioteca feito a gente.

A Sra. Zimmer ergueu uma sobrancelha e me encarou. Depois observou o Gordão por um tempo, antes de olhar para mim de novo.

— Quer saber? — disse ela, espirrou de novo e pegou um lenço de papel. — Eu conheço bem essa história. Venham comigo.

Passamos para o lado de dentro do balcão, e a Sra. Zimmer nos conduziu por uma cozinha apertada e um depósito de material de escritório até chegar a uma porta que dava para uma escada de metal nos fundos da biblioteca.

— Atchim! Boa sorte para vocês. Aprendam a lutar boxe e leiam poesia.

Seguimos por algumas ruas secundárias até voltar para a rua principal, não muito longe da floresta do Espelho. Quando cheguei ao caminho que levava à floresta, olhei por cima do ombro para ver se o Gordão ainda estava me seguindo e não tinha tentado fugir. Ele continuava se arrastando atrás de mim e sorriu também. Parecia estranhamente tranquilo ao entrar na mesma floresta com a mesma pessoa que, para todo mundo na cidade, estava envolvida no desaparecimento de Tom. E não externou nenhum medo de conhecer Solvosse Jonasson. Bem, ele não tinha visto Tom ser devorado por um telefone.

Conforme seguíamos pela floresta, o nevoeiro foi ficando mais denso e a tarde foi escurecendo.

O Gordão caminhava a passos curtos, com os braços esticados ao lado do corpo rechonchudo e as mãos abertas, como se precisasse se equilibrar. Igualzinho a quando interpretou a fada Sininho na encenação de *Peter Pan* da nossa turma. Os adultos da plateia se seguraram para não rir enquanto assistiam àquele garoto gordinho pulando de um lado para outro do palco de saiote e asinhas. Ele próprio estava tão concentrado no papel e adorando tanto a experiência que nem notou.

Passamos por uma clareira com vista para o rio e a ponte e seguimos subindo uma encosta lamacenta.

— Tem certeza de que é por aqui? — perguntou o Gordão.

— Tenho — respondi, confiante. E por que não teria? Eu tinha memorizado o mapa de Ballantyne impresso na contracapa da lista telefônica, não tinha como errar. Quando a gente chegasse ao alto da encosta, só precisaria seguir reto e continuar por algumas centenas de metros numa trilha de cascalho que passava pela casa da estrada Floresta do Espelho, 1. Escorreguei no chão enlameado algumas vezes, enquanto o Gordão não teve dificuldade em manter o equilíbrio.

Quando chegamos ao topo da encosta me deparei com um caminho que parecia seguir na direção certa.

Tomei um susto ao ouvir um som grave e poderoso vindo das profundezas da floresta enevoada. Talvez tenha até segurado a mão do Gordão, mas, se isso aconteceu, eu a soltei logo em seguida.

— É só uma coruja — disse ele.

Seguimos em frente, agora com o Gordão na dianteira.

— Você viu *O lago dos cisnes*? — perguntou.

— Tem um lago com esse nome por aqui? — perguntei, batendo a cara num galho pelo qual ele se abaixou para passar.

— Não. — O Gordão riu. — Mas o lago dos cisnes fica numa floresta igual a essa. Um lago de lágrimas. É um balé.

— Dança? Qual é? Eu preciso de um enredo. Como tem nos filmes e...

— Ah, mas *O lago dos cisnes* tem história.

— Tem?

— Um jovem caçador encontra um lago onde vê um cisne, e, quando está prestes a atirar na ave, ela se transforma numa pessoa linda chamada Odette.

— Uma garota?

O Gordão deu de ombros.

— À luz do dia Odette precisa ser um cisne e nadar num lago de lágrimas. Só pode ser humana à noite.

— Que pena. — Quase tropecei numa raiz. Prefiro calçadas e escadas. — E tem um final feliz?

— Sim e não. Existem duas versões. Na que eu conheço, o caçador se apaixona por Odette e eles lutam contra todos que tentam acabar com eles. No fim, eles se casam e Odette pode ser humana o tempo todo.

— E na outra versão?

— Essa eu não vi. Mas a minha mãe diz que é triste.

De repente, soltei um berro: algo tinha caído no meu rosto. Não era um galho, era algo vivo, rastejante. Comecei a dar tapas na cara — primeiro na bochecha, depois no nariz e na testa —, mas não acertei a coisa e ela continuou se arrastando.

— Não se mexe — pediu o Gordão.

Obedeci, e ele passou os dedos delicadamente pelo meu rosto enquanto eu fechava os olhos. Quando os abri, ele estava com a mão erguida na minha frente, e nela havia um inseto de olhos vermelhos e asas transparentes.

— Cruzes! — Senti um calafrio. — Que porcaria é essa?

— Não sei. Mas já vi no livro de entomologia da mamãe.

— Ento... o quê?

— Livro de insetos. Ela coleciona insetos. Mortos, óbvio.

— Cruzes — repeti.

— Na verdade, muitos são lindos! Como esse, não acha?

— Não.

O Gordão deu uma risada. Com certeza estava se sentindo melhor que eu, agora que tinha visto que eu não estava tão confiante quanto ele imaginava, mas se ele risse demais ia levar um tapa. Pensei em passar esse recado. O monstrinho de seis patas parecia muito feliz na mão do Gordão e, enquanto ele analisava o animal por todos os ângulos, senti algo cair no meu cabelo. Balancei a cabeça descontroladamente, e caíram mais dois monstrinhos de olhos vermelhos.

— Tem mais! — resmunguei. — Vamos sair daqui!

Não me dei ao trabalho de esperá-lo, só saí correndo. Ele caiu na gargalhada enquanto me seguia.

E então, de repente, lá estávamos nós, no fim da trilha de cascalho que acabava no meio da floresta. Senti que ia escurecer cedo e me apressei. Aos poucos, a curva da estrada foi se abrindo, as árvores foram ficando mais espaçadas, e algo grande e escuro surgiu em meio ao nevoeiro.

Era uma cerca preta de ferro forjado com pelo menos três metros de altura.

Me aproximei do portão. Os arabescos no meio formavam as iniciais H. P. B., e, abaixo deles, havia uma placa dizendo: “Estrada Floresta do Espelho, 1. Cuidado. Cerca elétrica.”

Olhei através do portão. Era como se o nevoeiro fosse bloqueado pela cerca ao redor do terreno: lá dentro só havia uma leve névoa, que mal cobria os contornos claros e nítidos da construção. A parte central era mais alta que as alas laterais e parecia ser ornamentada por um par de chifres, e talvez por isso o edifício tenha me lembrado um touro ou um dragão. A ala esquerda tinha uma espécie de protuberância, que parecia um cogumelo gigante no telhado.

— Que... — sussurrou o Gordão atrás de mim. — Que casa estranha. Para! — Ele agarrou a minha mão quando eu estava prestes a pegar o puxador do portão. — A placa diz que está eletrificado!

— Sua besta, essas placas são só para afastar as pessoas.

Chutei o portão com a sola do tênis. Ele se abriu com um rangido longo e melancólico.

— O que eu disse? — falei, com ar triunfante.

— Sola de borracha não conduz eletricidade — disse o Gordão.

Me limitei a grunhir e entrei.

— Não — disse o Gordão.

Virei para trás. Ele continuava do lado de fora.

— Você é covarde?

— Sou — respondeu ele, simples assim.

— Tem medo de chegar perto da porta de uma casa normal?

— Essa casa não é normal, Richard.

— Tem endereço, paredes e telhado. Mais normal, impossível. E quer saber, Gordão? Se você não for comigo, vou contar para todo mundo na escola que você é covarde.

— Sem problema, acho que o pessoal já sabe. E o meu nome é Jack, não Gordão.

Olhei para ele. Percebi que eu havia me colocado numa sinuca de bico. Se não fosse sozinho, ele contaria para a escola toda, e ao contrário dele eu tinha uma reputação a perder.

— Tá bom, você pode ficar aqui e vigiar enquanto nada acontece, Jack Gordão. Cuidado com a cerca.

Me virei para a casa e avancei a passos firmes pelo caminho de cascalho. Conforme me aproximava, comecei a notar um zumbido vindo lá de dentro. E percebi que ela não era feita de madeira, como todas as outras casas de Ballantyne, e sim de tijolos vermelhos cobertos de musgo, e alguns estavam soltos. Os dois chifres do diabo na verdade eram a cumeeira dos telhados. A parte mais estranha era aquela coisa na ala esquerda que de longe parecia um cogumelo gigante, mas que descobri ser a copa de um grande carvalho atravessando o telhado. Como era possível? Um carvalho como aquele não sai do chão, cresce e atravessa um telhado da noite para o dia; deve levar séculos para chegar a esse tamanho.

Alguma coisa grudou na minha bochecha. Bati com a mão e a joguei no chão. Vi um inseto de olhos vermelhos rastejando no cascalho. Logo em seguida outra coisa deslizou pela minha têmpora e tentou entrar no meu ouvido, mas sacudi a cabeça e ela sumiu.

Foi quando me dei conta: o zumbido... Olhei para cima, na direção do que, a princípio, achei que fosse uma névoa sobre a casa. Era de onde vinha o zumbido de um enxame. Um enxame de insetos voadores.

Fiquei só observando.

O enxame era tão grande e denso que cobria o céu, como se tivesse anoitecido mais cedo. Parei e olhei em volta. Será que o Gordão ainda estava de olho, ou eu poderia voltar e dizer que bati à porta e ninguém atendeu? É claro que não tinha ninguém lá dentro, não havia luz nenhuma acesa por trás das janelas escuras, e, além disso, quem mora numa casa com uma árvore crescendo no meio? Nem um sujeito chamado Solvosse faria isso, certo?

Senti algo subir por dentro da calça. Quando olhei para baixo, vi mais insetos, que pareciam brotar do chão como mortos-vivos saindo da tumba, rastejando com aquelas pernas magras de inseto e olhos avermelhados. Quando levantei uma perna e bati com a mão na outra, uma luz foi acesa no janelão central do terceiro e último andar da construção, e a luz se projetou no chão em frente à casa. Vi raízes robustas que surgiam da fundação da casa e mergulhavam no solo mais à frente, como se a própria casa fosse uma árvore. À luz, parecia que as raízes se mexiam, como se fossem músculos enormes ou jiboias. Tropecei e caí num cobertor de insetos que rapidamente tomaram o meu rosto, o meu pescoço e a minha boca. Soltei um berro. Consegui me levantar, enquanto cuspia e dava tapas no pescoço e na testa. Notei uma movimentação perto do janelão central. Era um rosto. Pálido. Um rosto masculino inexpressivo, imóvel como uma pintura. Um rosto que eu nunca tinha visto, mas que me dava uma sensação estranha, como se eu estivesse me olhando no espelho.

Dei um tapa no pescoço e senti um estalo. Enfim havia conseguido acertar um inseto! Neste exato instante o zumbido parou.

Olhei para cima.

Então me ocorreu que o inseto que eu tinha acabado de esmagar e estava com as entranhas escorrendo pelo meu pescoço era o primeiro que eu de fato havia matado.

Um céu estrelado de olhos vermelhos me encarou. Um cardume de piranhas aladas. O zumbido recomeçou, agora mais alto. O enxame foi ficando mais denso, se transformando numa nuvem preta. Começou a crescer. Na verdade, não estava crescendo, só se aproximando, vindo na minha direção.

Dei meia-volta e saí correndo em direção ao portão. Atrás de mim, em meio ao zumbido cada vez mais alto, comecei a ouvir também um som penetrante e vibrante.

Vi o portão aberto e o Gordão ali, plantado, boquiaberto, enquanto olhava para além de mim.

— Corre! — gritei. — Corre!

Mas o Gordão não se mexeu. Passei por ele em disparada. Corri pela trilha que levava para o rio e para a ponte. Quando percebi que o zumbido havia ficado mais fraco, parei e dei meia-volta. E lá estava o Gordão, ainda parado perto do portão.

Estava de braços abertos e com o rosto sorridente virado para o céu, como um fazendeiro comemorando a chegada da chuva.

O enxame girava como um tornado ao redor dele.

Fiquei esperando os insetos começarem a devorá-lo, como o telefone havia feito com Tom.

Mas não foi o que aconteceu.

O redemoinho de insetos subiu lentamente para céu, enquanto o Gordão erguia os braços, como que implorando que voltasse. Em seguida, deixou os braços caírem e veio até mim com um sorriso de orelha a orelha.

— O que era aquilo? — perguntei.

— Aquilo — explicou o Gordão — são *Magicicadas*.

9

— Os insetos eram *Magicicadas*, um tipo de cigarra — repetiu o Gordão enquanto devorava a lasanha de Jenny. — São completamente inofensivos, mas formam um enxame enorme. Vocês tinham que ver a cara de medo de Richard!

Jenny, Frank e o Gordão caíram na gargalhada, e eu senti as bochechas arderem de raiva. Olhei feio para o Gordão, mas ele não percebeu e continuou:

— Percebi que eram *Magicicadas* quando vi o enxame, então lembrei que semana que vem eu faço 13 anos.

— Já ouvi falar dessa espécie — disse Frank, enchendo o copo de água do Gordão novamente. — Nunca vi ao vivo, só ouvi falar. Mas o que o seu aniversário tem a ver com isso?

— Minha mãe me explicou que as *Magicicadas* são cigarras periódicas que formam enxame a cada treze anos. E era o que estava acontecendo no dia em que eu nasci.

O Gordão abriu um sorriso triunfante. Parecia muito satisfeito consigo mesmo sentado à nossa mesa de jantar, sendo o centro das atenções.

— É mesmo? — disse Jenny, colocando mais lasanha no prato dele. — E o que elas fazem nesse meio-tempo?

— Vivem debaixo da terra. Ninguém sabe como elas descobrem a hora de sair, mas de alguma forma todas conseguem subir à superfície ao mesmo tempo. Milhões. E ficam muito felizes, porque finalmente podem usar as asas! — Radiante, o Gordão nos encarava como se verificasse se estávamos prestando atenção. — Quando isso acontece, elas fazem a maior festa. Por algumas semanas, procriam e botam ovos. Sabe de uma coisa, Sra. Appleby? Essa é a melhor lasanha que eu já comi na vida.

— Obrigada, Jack. — Jenny deu uma risada, mas notei que ela estava toda feliz com o elogio. — Você é muito educado!

— É sério! — exclamou ele, com uma expressão idiota de sinceridade no rosto.

— Muito educado mesmo — interveio Frank, então soltou uma risadinha e olhou para mim, dando a entender que eu tinha muito a aprender.

— Então você deve saber o que acontece com as cigarras quando a festa acaba, certo? — perguntou Jenny, apoiando o cotovelo na mesa e o queixo na mão, olhando para o Gordão como se o desgraçado fosse dizer algo que ela ainda não soubesse.

— Elas morrem — respondeu ele.

— Já imaginava... — disse Frank. — Mas nem todas, certo?

— Na verdade, todas — corrigiu o Gordão.

— Ufa — soltei.

Os três me encararam, intrigados. Mas eu ia dizer o quê? Não sabia nada sobre cigarras, só sabia que era muito irritante ver Frank e Jenny dispostos a aturar histórias chatas de um desconhecido enquanto obviamente não acreditaram numa palavra sequer quando falei do telefone carnívoro, por exemplo. Além do mais, eu não senti *tanto* medo assim das cigarras.

— Ah, bem — disse Jenny, voltando para o fogão. — Todo mundo tem que morrer um dia, então talvez seja melhor que aconteça enquanto você se diverte.

Eu não concordava; a meu ver era melhor morrer passando por um momento ruim. Mas não falei nada.

— Aliás, o que vocês estavam fazendo nessa casa? — perguntou Jenny.

— A gente estava só passando por lá — respondi, enquanto o Gordão devorava o restinho da lasanha. A mandíbula dele trabalhava sem parar, triturando a comida em pedaços cada vez menores. Ele parecia tão esfomeado quanto no começo do jantar. No fim, raspou o prato com o garfo e sorveu o restinho de molho como um... bem, como um telefone.

Frank deu uma risada e perguntou:

— Sobremesa, rapazes?

Fiquei esperando um "Sim!" retumbante do Gordão, mas em vez disso ele fez uma cara triste e disse:

— Minha mãe não deixa. A nossa família tem tendência a engordar, por isso só posso comer doce aos sábados.

— Entendo — disse Jenny, inclinando a cabeça e olhando para o Gordão com um sorriso de pena. — Bem, então vocês dois podem ir brincar no quarto de Richard.

— Muito obrigado pelo jantar, Sr. e Sra. Appleby.

Fiz troça do jeito pomposo do Gordão pelas costas dele, mas Jenny e Frank fingiram não notar.

— O que que a gente vai jogar? — perguntou o Gordão quando entramos no meu quarto.

Ele se sentou numa das cadeirinhas de criança em frente à caixa de brinquedos que já estava no quarto quando fui morar na casa de Jenny e Frank. Eles nunca me contaram por que achavam que um adolescente precisaria de móveis infantis ou gostaria de brincar com blocos de madeira, e, por algum motivo, nunca perguntei. E agora ali estava o Gordão, sentado, como se fosse o dono do quarto, como se fosse ele quem tivesse sido adotado por Frank e Jenny, e não eu.

— Vamos brincar de você ir para casa agora — respondi.

No silêncio que se seguiu, tive a impressão de ouvir pela janela aberta o som distante do enxame de cigarras festejando em algum lugar lá fora, parecia o zumbido baixo de uma subestação elétrica. Ou talvez o zumbido só estivesse na minha cabeça, sintoma de uma raiva que eu não me lembrava de já ter sentido na vida e que aumentava à medida que os segundos passavam e o Gordão continuava ali, com cara de quem não estava entendendo nada.

— Outra coisa: você não vai dar um pio sobre eu ter ficado com medo naquela casa. Nem na escola nem em qualquer outro lugar. Se fizer isso, eu te esmago feito uma barata. Porque eu não senti medo. Isso é mentira! Entendeu?

O Gordão não respondeu, mas o vi engolir em seco. O zumbido na minha cabeça ficou mais alto, assim como a minha voz.

— Entendeu, Jack Barata?

Foi quando o Gordão saiu do estado de choque. Ele balançou a cabeça quase com desdém, como se fosse um adulto lidando com um pirralho que não sabe se comportar. Um pirralho *mal-educado*.

— Mas, Richard, não tem por que se envergonhar. Tinha um milhão de insetos...

— E, se você contar para alguém — interrompi, com toda a frieza que consegui demonstrar —, vou falar para todo mundo que você está apaixonado por Oscar Jr.

Acertei em cheio. Enfim ele pareceu magoado de verdade.

Eu poderia ter parado. Sabia que *deveria* ter parado... Quer dizer, na verdade, deveria ter parado bem antes. Mas não consegui, a minha raiva era como uma bola de neve que começou a rolar descontrolada.

— Escutou, Jack Barata? — continuei. — Você é nojento! É por isso que ninguém quer brincar com você. Jack Barata. Jack Barata.

Ele abriu a boca para tentar dizer alguma coisa, mas não conseguiu.

— Jack Barata! Jack Barata! Jack Barata!

Os óculos dele começaram a ficar embaçados. Então me ergui diante dele repetindo o novo apelido. Ele permaneceu sentado na cadeirinha e tapou o rosto e os óculos com as mãos, como se quisesse se proteger das palavras, mas eu me aproximei. Ouvi o choro baixinho e vi as lágrimas escorrerem por entre os dedos e descerem pelas bochechas rechonchudas.

Notei algo errado na minha voz, como se as minhas cordas vocais estivessem cheias de areia. Que bizarro, parecia que eu também estava chorando, mas ao mesmo tempo gritava cada vez mais alto:

— Jack Barata! Jack Barata!

Então aconteceu algo esquisito.

Uma coisa começou a crescer das costas curvadas do Gordão.

Não sei explicar de outra forma. Uma coisa fina começou a atravessar o suéter dele de dentro para fora, parecido com uma lâmina de plástico ou o material de um daqueles guarda-chuvas transparentes. Então começou a se abrir, como o teto de um conversível, e ao mesmo tempo uma espécie de película preta e brilhante começou a se espalhar pelo corpo dele, como uma casca de avelã. Ou melhor, de um inseto, porque eu finalmente percebi que as coisas que estavam crescendo nas costas dele eram asas.

— Jack — balbuciei.

Ele tirou as mãos do rosto e me encarou.

Me afastei num pulo. Queria gritar, mas senti a boca seca. Os óculos de Jack não eram mais óculos, e sim dois olhos protuberantes, vermelhos, brilhantes e multifacetados que me encaravam.

Recuei até a porta enquanto ele se levantava da cadeira, o corpo rígido, estalando a cada movimento. Quando ia abrir a porta para sair correndo, parei. Percebi que o Gordão estava diminuindo. Era isso mesmo. Enquanto eu observava, ele foi ficando cada vez menor e menos ameaçador, exceto pelo par de antenas que crescia da cabeça e pelo par extra de pernas pretas e espinhosas que saía da barriga. O Gordão tinha diminuído tanto que a cadeira parecia ter o tamanho certo para ele.

— Gordão, para! — foi tudo que consegui sussurrar. — Para com isso, está me ouvindo?

Ele emitiu um som, um clique agudo, como se estivesse tentando me responder em código Morse. Nesse instante já estava menor que a cadeira e mais ou menos do tamanho do ursinho de pelúcia na caixa de brinquedos. A película preta estava se fechando sobre a cabeça dele, mas eu ainda conseguia ver a expressão de horror no que restava do rosto e concluí que não era ele que estava fazendo aquilo, e sim o contrário, aquilo estava sendo feito com ele.

— Gordão? — sussurrei. — Jack?

A essa altura ele estava do tamanho de um inseto. Ou, para ser mais preciso, ele *era* um inseto. Uma cigarra que me encarava com olhos vermelhos.

Umedeci os lábios para chamar Frank. Mas não chamei. Talvez não conseguisse. Talvez não quisesse. Porque nesse momento um pensamento me ocorreu: eu tinha causado aquilo. Não sei como, mas talvez não devesse ter chamado Jack de barata tantas vezes. Na verdade, talvez não devesse ter chamado nenhuma vez.

Olhei para o inseto. Claro que eu sentia pena do Gordão, porque ele estava ferrado, iria morrer em uma semana se o que havia explicado sobre as cigarras durante o jantar fosse verdade. Toda a minha raiva sumiu e foi substituída por um pânico cada vez maior. Se a culpa fosse minha e alguém descobrisse, é provável que McClelland não fosse querer só me trancafiar num lugar escuro. Ele ia querer me ver enforcado, eu ia acabar morrendo pendurado numa cela qualquer. Já conseguia imaginar a corda, o gancho da lâmpada onde ela estaria amarrada, a cadeira sendo chutada debaixo dos meus pés.

Meu coração batia forte, e só havia espaço para um pensamento na minha cabeça:

Livre-se das evidências!

Ergui o pé e pisei no inseto.

Mas ele escapou num piscar de olhos e se escondeu debaixo da cadeira. Peguei o livro de Kafka na mesa de cabeceira, me ajoelhei e me aproximei. Mas, ao levantá-lo para esmagar a cigarra, ela abriu as asas e voou pela janela aberta. Quando me levantei era tarde demais, ela havia desaparecido, tragada pela escuridão da noite. Olhei pela janela. Tive a impressão de ver um par de olhos vermelhos brilhando, mas o Gordão havia sumido. Fiquei ali um tempo, ouvindo o zumbido baixo que vinha da floresta do Espelho. Talvez o Gordão tivesse sido convidado para a festa para a qual os seres humanos nunca são convidados. Me sentei e fiquei ali, parado, até o coração desacelerar, então fechei a janela e desci para falar com Jenny e Frank.

10

O DELEGADO McCLELLAND ESTAVA perto da janela da sala de reunião, olhando para fora. Atrás dele, no quadro nos fundos da sala, havia um mapa da região com vários lugares circulados e alguns riscados. Imaginei que as partes riscadas eram onde Tom já tinha sido procurado.

O sol brilhava no estacionamento. Do outro lado, perto da sede do corpo de bombeiros, havia uma torre de observação que claramente era o ponto mais alto em muitos quilômetros. Frank havia me levado lá dias depois da minha chegada, talvez querendo me impressionar. A torre do comandante do corpo de bombeiros ou coisa do tipo. Não tive coragem de dizer que o prédio onde eu morava na cidade tinha o dobro da altura. Ele me explicou que a torre funcionava dia e noite no verão, para vigiar incêndios florestais, que eram muito comuns e onerosos para uma pequena comunidade que vive da exploração da floresta. E a verdade era que Ballantyne tinha *muita* floresta, mas quase nada além disso. Gente, por exemplo. No momento, metade da população devia estar procurando o Gordão e Tom, enquanto eu estava ali, preso numa cadeira entre Frank e Jenny.

— Então Jack Ruud saiu da sua casa às oito da noite? — perguntou McClelland. — Para ir para casa?

— Isso — respondeu Frank.

McClelland passou o polegar e o indicador pelo bigode e acenou com a cabeça para o policial que estava tomando notas sentado à mesa.

Até então, eu tinha falado pouco. Frank havia me aconselhado a deixá-lo falar a maior parte do tempo e explicou que eu deveria me limitar a dar respostas curtas às perguntas feitas diretamente a mim. Acrescentou que eu não deveria mencionar o cano de escoamento em hipótese alguma.

Quando desci para a sala depois de o Gordão — ou o que um dia tinha sido o Gordão — voar pela janela, eu menti: contei a Frank e Jenny que ele havia se pendurado no cano de escoamento da calha que passava do lado de fora do meu quarto, descido deslizando e ido para casa. Eles ficaram meio surpresos, porque o Gordão não parecia um garoto muito acrobático, mas acreditaram na minha palavra, visto que me pegaram várias vezes fazendo o mesmo, embora tivessem me alertado que isso era proibido, não só pelo perigo de me machucar mas porque canos de escoamento não são muito resistentes e custam uma nota. Quando os pais do Gordão ligaram ainda naquela noite para perguntar do filho, Jenny respondeu que ele havia ido embora às oito e não falou nada sobre ele ter descido pelo cano de escoamento. Ela não queria que parecêssemos uma família irresponsável agora que eu finalmente havia levado um amigo para casa. Assim, ela e Frank insistiram nessa história quando a polícia ligou pouco depois da meia-noite. Mas é claro que Frank e Jenny tinham em mente que, pela segunda vez em pouco tempo, um dos meus amigos havia desaparecido sem deixar vestígios, então talvez fosse melhor não dar margem a dúvidas. Assim, eles confirmaram que viram Jack Ruud sair pela porta.

— Um menino muito educado — comentou Jenny. — Uma pessoa de bom coração.

Eu só tinha ido a dois velórios na vida, mas sabia que esse é o tipo de coisa que só se diz de pessoas que morrem e você não conhece bem. Por um instante McClelland ficou sem reação. Não havia razão para Jenny presumir que o Gordão estava morto, havia? Porque, até onde se sabia, ele estava só um pouco... desaparecido.

— Certo — disse McClelland, virando-se para nós e me encarando. Apesar dos olhinhos de porco e do bigode ralo, ele parecia uma boa pessoa. E talvez fosse mesmo, talvez só estivesse tentando fazer o trabalho dele da melhor maneira possível. E, naquele momento, para fazer isso ele precisava me observar, me analisar como se tivesse visão de raio X, tentando descobrir o que se passava dentro da minha cabeça... e a verdade era que havia muita coisa aqui dentro naquele momento.

— Obrigado, vocês podem ir — disse ele, ainda me encarando. — Voltaremos a nos falar em breve.

11

— Você sabe que essa história é ainda pior do que a do telefone, não sabe? — disse Karen na beirada do terraço, olhando para o pátio da escola.

Eu havia contado tudo a ela: sobre a casa, sobre o enxame de cigarras e sobre a transformação do Gordão.

— Sei — murmurei. — É por isso que não posso contar para ninguém. Pensariam que sou o pior mentiroso do mundo e não acreditariam numa só palavra.

Ela se virou para mim.

— E por que você acha que *eu* acredito?

— Porque você... — Hesitei. — Você não acredita em mim?

Karen deu de ombros.

— Acho que *você* acredita nisso.

— Como assim?

Karen suspirou.

— Ninguém desaparece em Ballantyne, Richard. Esse é o segundo desaparecimento em poucos dias e nos dois casos você foi a última pessoa com quem eles estiveram. O que é ainda mais esquisito, porque todo mundo sabe que você não tem amigos.

— Tenho você.

— Eu disse "amigos". No plural.

— Mas eu vivo dizendo que tenho provas! — falei, percebendo que havia levantado a voz. — A lista telefônica antiga!

— Você diz que encontrou o nome Solvosse Jonasson, mas isso não significa...

— Não significa o quê? Que estou dizendo a verdade? Eu não poderia ter inventado um nome como esse se não tivesse ouvido ou lido!

Senti uma dor de cabeça chegando e massageei a têmpora.

— Só estou dizendo que o delegado vai pensar que você disse esse nome porque é conhecido, ele... Como foi que ele disse mesmo?

— "Faz parte da história dessa cidade." Tá bem, mas *você* já ouviu falar desse tal Solvosse Jonasson?

— Não.

— Pois é! E você mora aqui a vida toda. — Bufei. — Não sei o que está acontecendo, mas Solvosse Jonasson, Tom e o Gordão... Está tudo conectado, e até você está vendo isso.

Karen inclinou a cabeça e levou as mãos à cintura.

— *Até* eu estou vendo isso?

— Foi mal, eu não quis dizer... Eu... Foi mal. — Abri os braços, frustrado. — É que ando muito, muito estressado.

Karen voltou a me olhar com a calma de sempre.

— Eu sei, Richard. Mais uma coisa... — Ela parou e encostou o indicador no lábio inferior, raciocinando.

— O quê? — perguntei, impaciente.

— Se é verdade o que o delegado disse sobre Solvosse Jonasson fazer parte da história da cidade, então em tese podemos descobrir mais sobre ele nos almanaques de história local.

— Almanaques de história local?

— Isso. São publicações anuais. História das famílias e coisas aleatórias que aconteceram em Ballantyne.

— Onde eles estão?

— Estão na letra B — disse a Sra. Zimmer, apontando para as estantes nos fundos da biblioteca. — São quarenta e oito volumes. O que exatamente vocês estão procurando?

— Qualquer coisa sobre um cara chamado Solvosse Jonasson — respondeu Karen, ainda sem fôlego após correr da escola até a biblioteca.

A Sra. Zimmer espirrou forte duas vezes.

— Não tem nada sobre alguém chamado Solvosse Jonasson ali — disse ela com a voz anasalada, arrancando um lenço do rolo de papel no balcão.

— Ah, é? — disse Karen. — Como a senhora sabe?

— Eu conheço Ballantyne. Tão bem quanto conheço a minha biblioteca. Sei, por exemplo, que você é Karen Taylor, filha de Nils e Astrid.

Karen fez que sim com a cabeça, confirmando a informação, e a Sra. Zimmer continuou com os olhos fixos em mim.

— E sei que está faltando uma lista telefônica.

Senti o rosto corar.

— Eu... hummm, peguei emprestada outro dia. Trago de volta hoje de tarde.

— Imaginei. Como você pegou a lista lá em cima?

— Tinha uma escada alta perto, parecia uma escada de incêndio.

— Não mesmo!

— Como assim?

— Não temos escadas altas aqui. E não emprestamos listas telefônicas. Nem livros de história local. São obras de referência que devem ser lidas aqui dentro. Mas, como eu falei, não temos nada sobre alguém chamado Solvosse Jonasson.

Me virei para Karen, que balançava a cabeça, desanimada.

— Obrigada mesmo assim — disse ela.

Karen suspirou, e começamos a seguir para a saída quando a Sra. Zimmer pigarreou atrás de nós e disse:

— Não temos nada, porque os editores não gostam de publicar fofocas da cidade.

Paramos e nos viramos.

— A senhora sabe quem é Solvosse Jonasson? — perguntei.

— Claro.

— Como assim "claro"?

— Ele é filho adotivo de Robert Willingstad, que doou esta biblioteca para Ballantyne em 1920. Eles moravam na Casa da Noite.

— Casa da Noite? — repetiu Karen.

— É como as pessoas chamam. A mansão na floresta do Espelho.

— Você disse "moravam", no passado — apontei. — Então Solvosse não mora mais lá?

— Até onde sei, Solvosse Jonasson não mora mais em Ballantyne desde que foi enviado para um reformatório. E isso faz décadas.

— Ele fez alguma coisa errada?

— Ah, sim, mas antes fizeram alguma coisa errada com ele.

— O quê? — perguntou Karen, parecendo tão tensa quanto eu.

— Ah, Solvosse era um pouco diferente, e as crianças o importunavam por isso. Então, certa vez, numa noite de Halloween, quando as crianças estavam na rua pedindo doces, cercaram Solvosse, tiraram a roupa dele e o amarraram à cerca do curral da fazenda Geberhardt. Então uma delas entrou no celeiro e ligou a eletricidade. Quando encontraram Solvosse, ele... não era o mesmo, digamos assim.

— E como ele era antes? — perguntou Karen.

— Era um menino simpático e atencioso. Meio na dele, passava muito tempo aqui na biblioteca. Dizia que ia ser um escritor famoso.

— E depois?

— Virou uma pessoa má.

— Como?

A Sra. Zimmer respirou fundo três vezes seguidas, mas não espirrou.

— Ele passou a implicar com as outras crianças — respondeu. — Imagino que para se vingar. Mas não se limitou às que o amarraram à cerca elétrica. Uma vez, ele pegou a bicicleta que um filho do vizinho tinha ganhado de aniversário e a atirou no rio. Acima de tudo, ele gostava de assustar as crianças. Uma vez, ele se vestiu como o falecido pai de uma menina e ficou na frente da janela do quarto dela ao luar. Quando o delegado pegou Solvosse pelo roubo da bicicleta e perguntou se tinha sido por vingança, ele respondeu que não conseguia lembrar quem o havia amarrado na cerca, então estava se vingando de todo mundo.

— Ele não conseguia se lembrar? — perguntou Karen.

A Sra. Zimmer encolheu os ombros.

— Dizem que choques podem afetar a memória. E acho que causaram outros estragos no cérebro dele.

— Tipo o quê? — perguntei.

— Ele ficou esquisito. Passou a usar roupas esfarrapadas e se isolava na floresta do Espelho, onde, segundo dizem, caçava animais. Um homem afirmou que certa vez viu Solvosse de cócoras devorando um rato que ainda estava se mexendo. Quando o menino o encarou, tinha sangue escorrendo pelos cantos da boca.

— Minha nossa! — exclamou Karen, levando as mãos às orelhas, mas sem tapá-las completamente.

— Pois é — disse a Sra. Zimmer. — Outro homem disse que viu Solvosse comer insetos. Ele pegava os bichos do chão, levava à boca e mastigava como se fosse pipoca. E o menino passou a se interessar por coisas esquisitas. Um dia veio me ver e estava exatamente onde vocês dois estão agora quando me perguntou se eu tinha algum livro sobre magia das trevas. — Ela baixou o tom de voz. — Os olhos dele estavam completamente pretos e refletiam uma ferocidade selvagem. Estava usando roupas imundas e fedendo. Coitado! Por essas e por outras ele acabou indo para o reformatório.

— Mas a senhora tem? — perguntei. — Digo, livros sobre magia das trevas?

A Sra. Zimmer me encarou, mas não respondeu. Ficamos ali, em silêncio, e talvez tenha sido imaginação minha, mas tive a impressão de ouvir um som ao longe. Como o vento soprando através de um tronco oco. Ou o piar de uma coruja.

— Onde? — perguntou Karen.

— Foi o que eu falei — sussurrou a Sra. Zimmer, inquieta de repente. — Não temos uma escada que chegue tão alto.

— Mas... — comecei.

— E agora vocês têm que ir. — Ela olhou para onde tive a impressão de ouvir o som. — Estamos fechando.

— Agora? — disse Karen. — Mas são só...
— Nunca confie no relógio, Karen Taylor. Agora saiam, rápido!

Quando saímos da biblioteca vi o carro vermelho. Dessa vez não estava estacionado longe, e sim bem em frente à porta. Não estava mais brincando de esconde-esconde.

— O que foi? — perguntou Karen, quando percebeu que eu havia parado.

— É um Pontiac LeMans, modelo 1968.

— Quer dizer, qual é o problema com o carro?

— Vamos descobrir agora — respondi.

A porta se abriu, e de dentro do veículo saiu um homem alto de terno preto, gravata preta fina e cabelo preto repartido para o lado, tão brilhante e volumoso que parecia feito de porcelana e lembrava o Superman. Não tive dúvidas: era o mesmo homem que eu tinha visto de costas na sala de reuniões da delegacia.

— Richard Elauved — disse ele, segurando uma carteira de couro com uma estrela de metal —, eu sou o agente Dale, do FBI.

12

Um homem de jaleco branco de médico andava ao meu redor enquanto prendia fios no meu tronco nu. O agente Dale havia me levado para a delegacia no carro vermelho, depois me conduziu a uma salinha no porão. Parecia um estúdio de gravação, pois tinha paredes acolchoadas e uma única e grande janela de vidro embutida na parede, que dava para outra sala, com microfones de ambos os lados. Claro que eles também poderiam usá-la como sala de tortura.

— Não tem com que se preocupar, Richard — anunciou o agente Dale, encostado na parede de braços cruzados.

Ele havia explicado que era investigador especializado em casos de desaparecimento e que tinha ido a Ballantyne acompanhado do homem de jaleco branco para descobrir o que eu sabia sobre Tom e Jack.

Jaleco Branco tinha mãos frias e úmidas, que machucavam o meu peito, o meu pescoço, as minhas costas e os meus pulsos enquanto ele prendia no meu corpo fios vermelhos, azuis e laranja que entravam num aparelho grande que zumbia sobre a mesa. Eles me explicaram que aquilo era um detector de mentiras e que saberiam se eu estava dizendo a verdade ou mentindo, e que era melhor eu dizer a verdade, do contrário haveria consequências. Não especificaram que consequências seriam essas, mas deram a entender que eram graves.

— Pronto — disse Jaleco Branco, então se sentou numa cadeira do outro lado da mesa, ajeitou os óculos e olhou para uma tela diante dele.

O agente Dale se sentou em seguida.

— Quer fazer alguma pergunta antes de a gente começar, Richard?

— Quero. Você e o delegado me deixaram em liberdade para poder me espionar?

O agente Dale me encarou por um bom tempo e me respondeu com uma pergunta:

— Alguma outra pergunta?

— Não.

— Ótimo — disse ele e pousou as mãos na mesa. — Minha primeira pergunta é sobre Tom. Temos uma teoria de que ele morreu no rio na floresta do Espelho. Fizemos buscas ao longo do rio, mas não encontramos nada, por isso acreditamos que ele tenha sido levado pela correnteza para o sul, em direção ao lago Crow. Conversamos com uma pessoa que se lembra da época em que usavam a correnteza para transportar troncos rio abaixo. Ele apontou o lugar onde apareciam os corpos dos azarados que morriam afogados debaixo dos troncos. Fizemos uma busca na área e não encontramos o corpo de Tom na água, mas encontramos isso na margem.

Dale colocou algo com força sobre a mesa. Era o Luke Skywalker. O boneco me encarou com os olhos azuis.

— Conversamos com os pais de Tom, que disseram que o brinquedo não é dele. Mas, quando perguntamos ao dono da loja de brinquedos local que vende isso, ele explicou que recentemente o próprio filho teve um boneco igual a esse roubado durante uma festa da turma da escola em que Tom esteve presente. Acreditamos que ele estava com o boneco que foi parar no rio. Você sabe algo sobre isso?

— Não.

O homem de jaleco branco balançou a cabeça sem dizer nada.

— O detector diz que você está mentindo, Richard.

— Tá bom — falei e engoli em seco. — Então vou dizer que Tom roubou o boneco que foi parar no rio. O que a máquina está dizendo agora?

O homem de jaleco branco balançou a cabeça de novo.

Dale franziu a testa.

— Talvez você devesse dizer uma verdade, Richard. Qual é o seu nome?

— Richard Elauved.

Jaleco Branco fez que sim.

— Algo mais?

— Tom foi comido por um telefone.

O homem de jaleco branco olhou para a tela, depois para Dale. Ele fez que sim.

Notei que Dale tensionou as mandíbulas e cerrou o punho com tanta força que os nós dos dedos ficaram brancos.

— E Jack? O que aconteceu com ele?

— Ficou tarde, ele teve que ir para casa.

— E você viu quando ele saiu?

— Vi.

— Ele estava indo para casa?

— Imagino que sim.

O homem de jaleco branco estava fazendo que sim com a cabeça repetidamente.

— Acha possível ele ter ido para outro lugar?

— Não sei. O Gordão... Quer dizer, Jack gostava de insetos, então ele pode ter ido para o casarão na floresta do Espelho. Tem um enxame de cigarras lá agora, ao redor da casa.

— Hã?

— Se eu fosse vocês, falaria com o cara que mora lá, talvez ele saiba de alguma coisa.

— Quem é essa pessoa?

— Acho que o nome dele é... — engoli em seco — ... Solvosse Jonasson.

Jaleco Branco fez que não com a cabeça.

— Eu *sei* que o nome dele é Solvosse Jonasson — corrigi, e Jaleco Branco fez que sim.

13

— ENTÃO É ISSO que as pessoas chamam de Casa da Noite? — perguntou Dale, olhando através das grades do portão para a casa em ruínas com um carvalho atravessando o telhado.

— Foi o que a Sra. Zimmer na biblioteca me disse — expliquei, e McClelland fez que sim com a cabeça.

— Parece abandonada — comentou Dale. — Acha mesmo que alguém mora aqui?

Dei de ombros e estava prestes a avisar que o portão era eletrificado quando o delegado McClelland segurou o puxador, mas nada aconteceu. Ele abriu o portão e nós três seguimos pela terra úmida em direção à casa. Agora que a casa estava iluminada pelo luar e não havia neblina, tive que reconhecer que ela parecia muito menos assustadora do que da vez anterior. Também não havia sinal das cigarras — ou a festa havia acabado ou elas tinham ido farrear em outro lugar. As cumeeiras pontiagudas já não pareciam chifres do diabo, e as raízes que cresciam por entre as fendas no chão não lembravam jiboias. Robusto, McClelland subiu com cuidado os degraus de madeira apodrecida que levavam à porta. Não bateu, apenas puxou a maçaneta.

— Trancada? — perguntou Dale.

— Emperrada — respondeu McClelland, então agarrou a maçaneta com as duas mãos e deu um puxão forte. A porta se soltou do batente com um gemido profundo e contrariado, e olhamos para a escuridão além dela. O ar do interior da casa estava úmido, com sons de goteira vindos de todas as direções.

Entramos num salão enorme.

E de repente voltei a ter a mesma sensação esquisita que senti da vez anterior, quando estava do lado de fora.

Parecia que alguém havia feito a maior zona ali.

No meio do salão, sobre uma pilha de móveis tombados e de um piano de cauda partido ao meio, havia um grande quadro. A moldura dourada estava quebrada em vários pontos, a tela parecia molhada, e a imagem estava coberta de teias de aranha e sujeira, de tal forma não dava para ver o que era a pintura. O papel de parede estampado estava cheio de bolhas e tiras penduradas, e faltavam vários degraus na escadaria larga que levava à galeria que circundava o salão no alto.

Dale foi até o piano de cauda, enquanto McClelland se aproximou de uma porta, acendeu a lanterna e apontou para dentro do cômodo.

— Sem chance de alguém morar aqui — comentou Dale, pressionando duas teclas amareladas.

A voz dele e as notas desafinadas do piano ecoaram como se estivéssemos numa caverna.

— Não sei... — murmurou McClelland. — Na verdade, essa é a casa perfeita.

Dale semicerrou os olhos, abriu o paletó e, como se estivesse num filme, sacou uma pistola reluzente com a outra mão. Me aproximei dele bem devagar, com o coração a mil. Ele ergueu o braço e, em silêncio, foi em direção a McClelland, que estava de costas, observando o quarto. Olhou por cima do ombro do delegado. Eu me agachei para poder ver o quarto também. De início, só enxerguei os restos de uma cama, mas então ergui a cabeça e olhei para onde o delegado apontava a lanterna. Ali, numa viga perto do teto, vi o que parecia ser uma fileira de calcinhas meio esgarçadas, penduradas para secar.

— A casa perfeita se você for um morcego — disse McClelland.

Nesse instante, uma calcinha se soltou. Dale gritou quando ela veio na nossa direção, depois ouvi um barulho parecido com um tiro de pistola, quando as outras calcinhas voaram sobre a nossa cabeça. Levei um instante para perceber que o barulho tinha sido *mesmo* um tiro de pistola. As calcinhas voaram aleatoriamente pelo salão e entraram num cômodo do andar de cima.

Dale pigarreou e falou:

— Não ouvi você dizer "morcego".

— Então como sabe que foi isso que eu disse? — perguntou McClelland.

— Dedução — disse Dale, guardando a pistola.

Entramos na sala ao lado e ficamos observando o carvalho alto e robusto.

— Incrível — comentou Dale. — Nasce no subsolo, atravessa o piso, cresce e atravessa o telhado como se fosse a coisa mais simples do mundo. Quando a natureza quer, não tem quem a impeça. Quantos anos tem essa casa?

— Eu me mudei para cá faz só dez anos, não conheço toda a história da região — disse McClelland. — Mas ninguém com quem falei soube me dizer. Não resta dúvida de que a casa é antiga.

— Nem de outra coisa: não tem nenhum Solvosse Jonasson aqui — acrescentou Dale, virando-se para mim. — Nem aqui nem na lista telefônica.

Dei de ombros.

— Mas eu vi ele. Aqui e na lista telefônica.

— O garoto está mentindo! — disparou McClelland.

Tínhamos voltado para a delegacia, e eles me colocaram na sala com paredes acolchoadas enquanto conversavam no cômodo do outro lado da janela. Como a sala era à prova de som, de início não consegui ouvir nada, só vi McClelland andando de um lado para outro e falando com cara de raiva e Dale sentado calmamente numa cadeira. Mas então apertei alguns botões num painel sobre a mesa e, de repente, a voz deles começou a sair pelos alto-falantes instalados nas paredes.

— Todo mundo diz que ele é um encrenqueiro — continuou McClelland, socando a palma da mão. — E agora tenho quatro pais arrasados e uma cidade inteira se perguntando por que não estamos chegando a lugar algum. Tudo porque esse pivete não conta a verdade para a gente. O que eu faço? Ele é jovem demais para ser atirado na cadeia como deveria, e tortura é... Bem, a gente não faz esse tipo de coisa aqui.

— O detector de mentiras indica que ele está dizendo a verdade sobre Solvosse Jonasson — disse Dale. — Ou melhor: ele acredita que está dizendo a verdade. A menos que...

— A menos que o quê?

— A menos que Richard Elauved seja um psicopata de verdade. — Os dois olharam na minha direção, e tive que me esforçar para não dar na pinta que estava ouvindo a conversa. — Os psicopatas conseguem enganar até os melhores detectores de mentiras — disse Dale.

McClelland fez que sim devagar.

— Dale, se quer saber a minha opinião, acho que estamos lidando com um jovem embrutecido, inescrupuloso, da pior espécie. O tipo de gente de quem a sociedade precisa ser protegida.

— É possível — disse Dale, coçando o queixo. — Pode me falar sobre esse Jonasson, por favor?

— Solvosse Jonasson? Só ouvi histórias. Sei que os pais morreram num incêndio, que aconteceu alguma coisa ruim na casa e que o menino trouxe essa coisa ruim para cá.

— Não foi ele que trouxe! — gritei, mas claro que eles não ouviram nada.

— Ele foi enviado para um reformatório — continuou McClelland. — Até onde sei, de lá para cá ninguém da cidade o viu nem teve notícias dele. Nosso problema não é Solvosse Jonasson, é esse desgraçado do Richard Elauved. Tem alguma sugestão sobre o que fazer com ele, Dale?

— Mande o garoto para um lugar onde ele tenha tempo para refletir e se arrepender. Umas semanas, talvez uns meses, vão ser o suficiente.

— Onde?

— Você mesmo acabou de mencionar.

— É? — McClelland franziu a testa. De repente se animou. — Ah!

Fiquei sentado, escutando McClelland ligar para Jenny e Frank, informar sobre a "medida de emergência" — como ele chamou — e pedir que eles levassem roupas, produtos de higiene pessoal e qualquer outra coisa de que eu pudesse precisar para uma estadia curta ou talvez um pouco mais longa num reformatório.

A paisagem que eu via pela janela do carro era basicamente terrenos pantanosos e árvores. Sobretudo árvores. Na verdade, florestas inteiras. Frank estava ao volante, e Jenny, no banco de trás. Eles não explicaram por que eu tinha sido promovido para o banco da frente, mas não era difícil adivinhar. Quando se leva o filho adotivo para um reformatório no meio do nada, ele pode se sentar onde quiser — é mais ou menos como permitir que um prisioneiro no corredor da morte escolha a última refeição. Estávamos na estrada havia três horas, e segundo Jenny faltavam outras três.

Frank estava cantarolando junto com a música do toca-fitas.

Country roads, take me home to the place I belong.

Como se o meu lugar fosse o reformatório onde eles queriam me colocar.

— Não é uma prisão — garantiu McClelland na conversa com Frank e Jenny.

— É uma prisão! — exclamou Karen quando contei para onde seria mandado.

— Um ano passa rápido — disse Jenny, para me consolar.

— Um ano é uma vida inteira! — reclamou Karen, irritada. — E você nem fez nada!

Ela havia prometido me visitar, até me deu um abraço no meio do pátio da escola, para Oscar Jr. e todos os outros verem. Eu queria chorar, mas me segurei, não iria dar esse gostinho a eles. Ninguém da minha turma, nem mesmo a Srta. Trino, disse uma palavra sequer, o que provavelmente era bom, porque era bem provável que não tivessem nada de bom a dizer. O alívio por se livrar de mim estava estampado na cara deles. Porque agora eles me temiam de verdade. Já era alguma coisa.

— O que significa dedução? — perguntei.

— Dedução... — repetiu Frank, parando para pensar. Demorou uma estrofe inteira da música. Sem problema, tínhamos muito, muito tempo. — A dedução é um tipo de lógica. Você encontra o caminho para uma solução excluindo tudo que é impossível. O que resta é o que é possível. E, se só resta uma coisa, essa é a resposta. Entendeu?

— Entendi — respondi, olhando pela janela.

Entendi que significa eliminar a possibilidade de alguém ter sido comido por um telefone ou transformado em inseto. Com isso, só resta a possibilidade de você estar lidando com um mentiroso que provavelmente é o responsável pelo desaparecimento de dois garotos. Era lógico. Tão lógico que eu teria pensado a mesma coisa... se não tivesse visto com os meus próprios olhos que o impossível é bem possível.

Jenny acertou em cheio a hora da nossa chegada, talvez porque a estrada — uma linha reta e monótona que cortava a paisagem — quase não tivesse trânsito, cruzamentos ou mudanças de limite de velocidade.

— Chegamos? — perguntei, incrédulo.

Estávamos no meio de um descampado.

— Parece que sim — respondeu Frank.

Saímos do carro. O céu estava nublado e ventava frio.

— Chegamos — disse Jenny, tremendo, de braços cruzados e olhando para o edifício branco que lembrava uma fortaleza atrás da cerca de arame farpado. Não se via nem se ouvia ninguém. Só aquela paisagem árida, o prédio hostil e as rajadas de vento que faziam a placa acima do portão ranger com as correntes que a prendiam. Algumas das letras estavam desbotadas pela ação do tempo, mas dava para ler o que estava escrito:

REFORMATÓRIO OHLEPSE.

14

McClelland disse a verdade: o reformatório não era uma prisão. Quem garantia que as portas estavam trancadas não eram carcereiros, e sim "agentes de segurança". E quem nos vigiava eram "professores", "supervisores", "chefes de atividade" ou "diretores". Não estávamos ali para cumprir pena, e sim porque tínhamos sido "recolhidos pela rede de segurança da sociedade", e diziam a nós o tempo todo que deveríamos ser gratos por isso. Se você infringisse uma das muitas regras, não era punido, e sim "corrigido" ou "privado de privilégios", como passar algumas horas ao ar livre ou *não* ir para a solitária. Até onde eu soube, ninguém era espancado ou recebia castigos físicos, mas os que se descontrolavam — algo que acontecia o tempo todo num lugar com tanto jovem problemático reunido — recebiam o tratamento adequado. O uso de algemas era proibido, mas podiam nos amarrar a uma cadeira ou cama, alegando que era para a nossa própria segurança. Eu passava muitas noites em claro na cama, ouvindo os gritos vindos dos outros quartos e me perguntando se também acabaria assim se ficasse ali por tempo suficiente.

Os pais e os outros parentes que nos visitavam faziam um tour pelo reformatório acompanhados pelo diretor-geral, que mostrava as salas de aula — ou as oficinas, para os que eram melhores nos trabalhos manuais — e a academia, onde a gente podia gastar energia e descarregar boa parte da agressividade. Não havia janelas gradeadas, armas ou uniformes. E nós não éramos chamados de "detentos", e sim de "residentes", e tínhamos autorização para vestir nossas próprias roupas. Os prédios eram tão desoladores quanto a natureza ao redor, mas estavam sempre limpos e recém-pintados de branco, tendo em vista que limpeza e pintura eram duas das principais atividades dos residentes. De fora, Ohlepse devia se parecer com um reformatório qualquer, mas quem morava lá sabia que não era assim.

À noite, meninos e meninas eram estritamente separados em alas diferentes, com uma exceção: os gêmeos Victor e Vanessa Blumenberg. Ninguém nunca explicou o motivo, mas era óbvio. Eles surtavam quando passavam mais de uma hora separados. Não havia corretivo ou perda de privilégios capaz de parar os dois, e eles eram grandes e fortes; então, além de dar um trabalho enorme para a equipe, causavam um baita prejuízo. Assim, o diretor-geral percebeu que a única solução era ceder: permitir que eles dividissem um quarto. O que no fundo era bom, visto que ninguém mais queria dividir quarto com eles, porque corria o boato de que o irmão caçula deles — que, segundo os gêmeos, recebia atenção demais da família — apareceu morto, asfixiado com um travesseiro enquanto dormia.

Corriam muitos boatos.

Por exemplo, diziam que Vanessa e Victor não eram só gêmeos monozigóticos mas também siameses. Nasceram prematuros, unidos pelo quadril, por isso um mancava com a perna direita e o outro, com a esquerda. Diziam que eles compartilhavam o mesmo cérebro, por isso muitas vezes ficavam ali sentados em silêncio, com o olhar perdido e a boca entreaberta. Não costumavam falar muito, nem um com o outro, mas diziam que eles nem precisavam se falar, porque eram capazes de se comunicar por telepatia.

Devia ser tudo bobagem.

Eu *torcia* para que fosse tudo bobagem.

Porque fui parar no quarto dos gêmeos. Os outros quartos tinham quatro residentes, mas no meu éramos só três, ou seja, dois contra um.

Nas primeiras semanas eles não falavam comigo, nem sequer olhavam para mim. Era como se eu não existisse. Por mim tudo bem. Eu tinha sono leve e ficava de olho nos travesseiros.

Eu estava entre os residentes que estudavam, mas o professor da nossa turma havia desistido de antemão. Dava-se por satisfeito quando terminava o dia sem que algum aluno tivesse um acesso de raiva, se ferisse ou saísse ainda mais burro do que ao entrar. Ao fim da aula íamos almoçar no refeitório e depois caminhar ao ar livre. O tempo parecia sempre o mesmo, nublado e opressivo, mas nunca caía chuva daquele céu cinzento. À tarde, alguns residentes jogavam pingue-pongue ou iam para a sala de TV, mas eu ficava sozinho ou ia à biblioteca. Devo admitir que Karen me ensinou a gostar de livros. Os dias eram tão longos e monótonos quanto a estrada que tínhamos pegado de Ballantyne até ali, então senti uma mudança quando fiquei com o quarto só para mim por uma semana. Acontece que certo dia o cozinheiro percebeu que a carteira dele havia sumido e acusou (com razão) Victor de roubá-la. Victor pegou um cutelo e cortou o rosto do cozinheiro, que caiu sangrando no chão da cozinha. Para demonstrar solidariedade com o irmão, Vanessa chutou o cozinheiro caído. Assim, os gêmeos foram trancafiados em quartos separados (não chamavam de "celas"), onde tinham que passar os dias sozinhos (e não "em isolamento" ou "na solitária"). Dava para ouvi-los gritar a noite inteira. Quando eles voltaram para o quarto, estavam transformados. Pareciam submissos, passavam o tempo todo olhando para o chão. Eu tinha deixado de ser invisível, eles se afastavam para me deixar passar quando eu entrava ou saía do quarto. Certa noite, Vanessa perguntou o que eu estava lendo deitado na cama. Fiquei tão surpreso que de cara achei que não estava escutando direito, mas, quando tirei os olhos do livro, vi que ela olhava do alto do nosso beliche de três andares. Respondi que era um livro chamado *Papillon*, sobre um homem que havia fugido da prisão.

— Fugir — grunhiu Victor da cama do meio.

A partir desse dia, começamos a manter conversas simples. Ou melhor, uma conversa, porque era sempre sobre o mesmo assunto.

Fugir. Victor e Vanessa queriam ir embora dali. *Tinham* que ir embora, diziam. Se ficassem, acabariam morrendo. Quando perguntei para onde pretendiam fugir e se tinham certeza de que a vida era melhor lá fora, eles me encararam com um olhar vidrado sem entender, e pela reação concluí que eles acharam a pergunta ridícula ou que eu não tinha pensado bem antes de falar. No fim, Vanessa respondeu:

— Pelo menos, lá fora não vão conseguir separar a gente.

— Você tem que ajudar a gente — disse Victor.

— Eu?

Vanessa fez que sim.

— Como vocês acham que eu posso ajudar?

— Você pode ler sobre como fugir daqui — disse Victor.

— Mas vocês também podem ler...

— Não — interrompeu Victor. — Não podemos. Ajuda a gente. Se não...

Pela primeira vez vi algo diferente de um vazio no olhar dele: algo duro e cruel. Engoli em seco.

— Se não...?

— A gente te mata — completou Vanessa. — *Isso* a gente sabe fazer.

— Ah, é? — falei. — O cozinheiro sobreviveu.

— Porque a gente deixou — murmurou Victor. — Você tem até domingo.

— Domingo? Só faltam quatro dias.

Victor semicerrou os olhos e olhou concentrado para os dedos enquanto mexia os lábios, contando até quatro.

— Isso mesmo — confirmou.

Não que fosse impossível fugir de Ohlepse. O difícil não era chegar ao lado externo da cerca, e sim ir além disso. Se alguém estivesse esperando você de carro para dar o fora dali, vá lá. Do contrário, precisaria percorrer cinquenta quilômetros de paisagem plana e aberta até o povoado mais próximo, e ninguém vai oferecer carona a adolescentes andando sozinhos perto de um reformatório. Pelo contrário: vai correr para avisar da fuga.

Então, eu tinha que bolar um plano que resolvesse dois problemas: como sair do reformatório e como não ser pego.

A resposta era o caminhão de lixo.

A empresa de coleta recolhia o lixo do reformatório às sextas de manhã. Assim, dois dias após o ultimato dos gêmeos, por acaso eu estava no pátio nos fundos da cozinha quando o caminhão entrou de ré. Fiquei vendo os dois homens descerem, empurrarem as nove caçambas verdes com rodinhas em direção ao caminhão e as posicionarem, uma de cada vez, numa espécie de elevador. Um dos caras apertava um botão na lateral do veículo e o outro observava as caçambas serem erguidas, viradas e esvaziadas no contêiner de coleta, tudo com um zumbido hidráulico. As caçambas mediam um metro por um metro e batiam na altura do peito.

Eu me aproximei e fiz perguntas fingindo curiosidade, e eles responderam animados. Naquela noite, todos em suas respectivas camas, descrevi o meu plano para os gêmeos.

— Cada um se esconde num saco de lixo dentro de uma lixeira — repetiu Victor.

— Isso — confirmei. — Levamos duas caçambas para dentro da cozinha e tiramos o lixo para abrir espaço para vocês. Vocês entram cada um num saco de lixo, eu amarro os sacos e empurro as caçambas de volta para o pátio. Vou fazer uns furos nos sacos para vocês poderem respirar. O mais importante é não fazerem barulho quando caírem dentro do contêiner de coleta do caminhão, porque os caras vão estar de olho.

Pelo rangido do beliche, concluí que os dois estavam assentindo.

— O caminhão vai fazer uma coleta em Evans — acrescentei. — Fica a trinta quilômetros daqui, então ninguém deve suspeitar que vocês são de Ohlepse. De lá, vocês podem pegar uma carona ou um ônibus.

Após uma breve pausa, a cama rangeu de novo.

Então, depois de uma pausa mais longa, ouvi a voz de Victor:

— Faltam sete dias.

— Isso.

— Você tinha dito quatro.

— Quatro para bolar um plano, não para a fuga.

— Quatro. Sete dias é muito tempo.

— Bem, se você me matar, não vai ter ninguém para amarrar os sacos de lixo.

Outra longa pausa. Um som estranho que eu não tinha ouvido antes veio das duas camas ao mesmo tempo: uma mistura de bufo, respiração pesada e algo que soava como dobradiças de porta não lubrificadas. Depois de um tempo me dei conta de que os gêmeos estavam rindo.

Naquele domingo recebi uma visita inesperada: Karen.

A gente recebeu permissão para se sentar no refeitório. Ela estava com aquele caderninho que costumava carregar. Como sempre, fez perguntas sobre mim em vez de falar sobre si. Perguntou como eu estava, como passava o tempo, como eram as pessoas dentro do reformatório, a comida, as camas, que livros eu estava lendo. Anotou as minhas respostas sobre como era estar trancafiado, com o que eu sonhava à noite e por que achava que ninguém acreditava em mim. E se eu ainda me lembrava bem de tudo que havia acontecido, de Tom sendo devorado por um telefone e do Gordão virando inseto.

— Por que você está anotando tudo? — perguntei.

Karen olhou em volta, como se alguém pudesse estar escutando no refeitório vazio, se inclinou para perto de mim e sussurrou:

— Quero tentar resolver o mistério de Solvosse Jonasson.

— Para quê?

Ela me encarou com um olhar surpreso e respondeu:

— Porque seria bom para você se ele fosse encontrado, Richard. E para mim também. Para todo mundo.

— Todo mundo?

— É.

— Por quê?

— Porque acho que se não fizermos nada ele pode ser perigoso.

— Como assim?

Karen baixou ainda mais a voz.

— Tem uma coisa que a Sra. Zimmer não contou sobre Solvosse Jonasson.

— O quê?

— Ele não foi mandado para um reformatório porque devorou um rato, era fedorento ou roubou uma bicicleta. Ele ateou fogo na casa dos pais.

— Hein?

— Os dois morreram queimados.

— Sério?

Karen fez que sim, colocou a presilha rosa de cabelo na folha do caderno e o fechou.

— Li no almanaque de história local. Ele não citava Solvosse com todas as letras, mas dizia que houve um incêndio e duas pessoas morreram. E agora acho que ele voltou para Ballantyne.

— Era isso que eu estava dizendo! — exclamei e quando vi que o "chefe de atividade" estava de olho me acalmei. — Eu falei que vi um homem no casarão na floresta do Espelho.

— Você não tem como saber se era Solvosse Jonasson, Richard.

— A verdade é que... — eu não sabia como explicar para Karen, então apenas disse: — ... eu reconheci ele.

— Como? — perguntou Karen, me encarando de olhos arregalados.

— Não sei. — Levei a mão à testa, senti que ela estava quente e sussurrei: — Mas quando vi aquele rosto sabia que conhecia de algum lugar.

— Você está doente? — perguntou Karen, olhando preocupada para mim.

— Não, é só que tem muita coisa acontecendo ao mesmo tempo.

Uma buzina de carro soou lá fora.

— Comigo também — disse Karen. — Parece que tem alguém me esperando.

— Alguém quem? — perguntei. Estava tão surpreso com a visita que nem havia pensado em como ela havia se deslocado até o reformatório.

— Oscar — respondeu ela com um sorriso sem graça enquanto guardava o caderno na bolsa.

— Oscar? Ele não tem 16 anos, não pode dirigir.

— Aqui não é a cidade grande, Richard, a gente não é tão rigoroso. Oscar tem mais de 15 e carteira provisória.

— Tá bom. Então ele também vai te levar para Hume?

— Por que Hume?

— Para ir ao cinema ver os filmes antigos que você adora.

Eu devia ter me segurado, mas era tarde. Pelo menos senti alívio quando Karen fez que não com a cabeça. Fiquei me perguntando como ela havia convencido Oscar a levá-la para me visitar. Acho que ele concluiu que ela iria de qualquer jeito, então era melhor estar por perto para ficar de olho. Ela se levantou.

Acompanhei Karen até a cerca, onde um "agente de segurança" nos encarou, enquanto abria o portão. Do lado de fora havia um Ford Granada estacionado. Dei um passo à frente e percebi que Karen notou que eu iria abraçá-la, então se antecipou e estendeu a mão para me cumprimentar.

— Se cuida, Richard.

Fiquei ali dentro, vendo a nuvem de poeira subir atrás do carro indo embora. Era verão, estava ventando, mas as mesmas nuvens carregadas de sempre cobriam a paisagem monótona e sem cor, de forma que não fazia frio nem calor, não estava claro nem escuro.

15

Os dias seguintes à visita de Karen se arrastaram. Eu estava mais desanimado do que de costume, e a fuga iminente dos gêmeos não me deixava alegre nem empolgado.

Certa noite sonhei que estava na torre de observação dos bombeiros. Estava escuro, e eu só conseguia ver a luz azul do giroflex no caminhão dos bombeiros parado no estacionamento. Mal conseguia ver as pessoas, mas as ouvia bem. Eram muitas e gritavam em coro:

— Pula, pula, pula!

Eu queria pular, mas como poderia ter certeza de que aquelas vozes queriam o meu bem?

— Pula, pula, pula!

Talvez só quisessem sentir a emoção de ver alguém cair de um ponto tão alto. Talvez estivessem famintos e quisessem me devorar. Ou será que estavam certos? Eu tinha que pular para me salvar? Talvez não tivesse escolha. Mas é difícil pular, é difícil confiar em alguém. Quando tomei uma decisão, acordei. Ao longo do dia não pensei muito no sonho, mas quando me deitei na noite seguinte ainda ouvia as vozes e cantarolei junto — "Pula, pula, pula!" —, até que percebi que era uma melodia triste e parei.

Na quarta, dois dias antes da tentativa de fuga, recebi uma carta que mudou o meu ânimo da água para o vinho.

Lucas era zelador e bibliotecário do reformatório havia quarenta anos e a única pessoa dali com quem eu conversava sobre qualquer assunto que não fosse imprescindível. Em geral, falávamos de livros. Ele entrou na sala de leitura e jogou a carta na mesa à minha frente.

— Caligrafia de garota — disse ele, então foi embora. Era de Karen.

> *Querido Richard,*
>
> *Estou no rastro de Solvosse Jonasson! Acho que sei onde ele está escondido, mas preciso da sua ajuda. Você é a única pessoa que sabe a aparência atual dele. Existe alguma possibilidade de conseguir permissão para passar alguns dias aqui?*
>
> *Abraço,*
> *Karen*
>
> *P.S.: Sei que pareci um pouco fria quando nos despedimos, mas Oscar estava nos vendo. Ele colocou na cabeça que vou ficar com ele e eu não suportaria o clima horrível no carro durante todo o caminho de volta para casa. Não que um abraço significasse que você e eu estamos juntos, mas você sabe como são os machos alfa ciumentos como Oscar.*

Li a carta mais algumas vezes. Doze, para ser exato. Cheguei à seguinte análise preliminar:

- Karen optou por começar a carta com "Querido Richard" em vez de "Oi, Richard", que provavelmente eu teria usado se estivesse escrevendo para ela. Quer dizer, eu teria começado com "Oi, Karen".
- Karen queria me dar um abraço.
- Karen *não* me enxerga como um macho alfa.

- Karen toma o cuidado de deixar claro que qualquer abraço teria sido amigável. Eu teria feito o mesmo, mas, no meu caso, teria sido por medo não de que ela interpretasse mal, e sim de que ela interpretasse certo.
- Karen deixa claro que não quer ser namorada de Oscar. Ela faz isso porque acha que fiquei com ciúme ao vê-los indo embora juntos? Por que ela leva meus sentimentos em consideração?
- Karen não quer que Oscar fique com ciúme. Por que ela leva os sentimentos dele em consideração?

Escondi o rosto nas mãos. Caramba, a minha cabeça estava uma bagunça.

Então reli a carta outra vez e concluí que o mais importante era que Karen queria que eu fosse a Ballantyne.

— Boas notícias? — perguntou Lucas com um sorriso malicioso enquanto me entregava a vassoura, dando a entender que eu teria que varrer o chão antes de a pequena biblioteca fechar.

— É de uma amiga que mora em Ballantyne — respondi. — Ela quer que eu vá fazer uma visita.

— E você quer visitar essa amiga?

— Muito.

— Nesse caso — disse Lucas, pegando a vassoura de mim —, você vai precisar de uma autorização.

— Isso é possível?

— Se escrever pedindo para visitar a família, é. Se você se comporta bem, em geral consegue uma autorização. Senta aí, vou pegar papel e caneta.

E foi o que fiz.

Enquanto Lucas varria, escrevi um breve pedido.

Prezado diretor-geral,

Gostaria de pedir autorização para ir a Ballantyne visitar meus pais adotivos no próximo fim de semana. Quero lembrar ao senhor que não tive nenhum episódio de mau comportamento desde que cheguei ao reformatório.

Atenciosamente,
Richard Elauved

— Muito bem — disse Lucas, apoiando-se no cabo da vassoura. — Agora é só entregar a carta na secretaria. Se por algum motivo pedirem uma recomendação, vou sugerir que aceitem o pedido.

Saí em disparada e atravessei o pátio em direção ao bloco administrativo, onde ficava a secretaria. Vi o segurança no portão de olho em mim e o agente de segurança na torre do relógio me seguindo com os binóculos, eles não costumavam ver pessoas correndo ali dentro. Toquei a campainha do prédio retangular de dois andares e ouvi a voz metálica da Sra. Monroe. Expliquei por que estava ali, e instantes depois ela apareceu para abrir a porta. A Sra. Monroe era uma mulher gorda, mal-humorada e ridícula, que vivia mascando chiclete e tinha um temperamento violento. Dizia que, num mundo dominado por homens, o único privilégio das mulheres era poder puxar as orelhas de garotos atrevidos.

Quando entreguei a folha com o pedido, ela deu uma olhada rápida e apontou para a escada. Olhei para ela com cara de confuso.

— Anda logo, anda logo, eu já fico para cima e para baixo o suficiente — resmungou. — A sala do diretor-geral é a de porta vermelha. Nada de palhaçada, hein! Você tem vinte segundos.

Corri e bati à porta. Ouvi a voz do diretor-geral, parecia que ele estava falando ao telefone. Falava no tom de voz tranquilo de sempre, sobretudo quando estava estressado. Bati de novo. Enquanto esperava, prestei atenção numa longa fileira de fotos emolduradas na parede do corredor. Todas tinham ano e eram muito parecidas: quarenta ou cinquenta pessoas alinhadas na escadaria de entrada do bloco principal. Claramente eram os residentes e os funcionários do reformatório do respectivo ano. Ouvi o diretor-geral dizer “Sim” e “Nossa...” ao telefone, e logo depois o som de passos se aproximando. Nesse momento os meus olhos foram atraídos por um dos rostos da foto mais próxima da porta. Ou melhor, se não fosse uma foto, eu teria dito que foi o rosto que me avistou.

Na hora eu soube que não deveria ter me surpreendido, mas mesmo assim senti um frio na barriga.

O rosto pálido estava olhando diretamente para a lente, para mim. Da mesma forma como tinha me olhado, emoldurado por uma janela no casarão da floresta do Espelho. A porta vermelho-sangue à minha frente se abriu, e o diretor-geral apareceu.

Era um homem alto e magro, dono de um olhar gentil que enganava as pessoas num primeiro momento.

— Compreendo sua preocupação, Sra. Larsson — disse.

Vi o fio em espiral do telefone esticado sobre a mesa de uma sala surpreendentemente pequena que eu nunca tinha visto por dentro. O diretor-geral olhou para a folha que eu estava segurando, me encarou por um instante, fez que sim sem tirar o telefone do ouvido e fechou a porta de novo. Dei outra olhada na foto. Era ele. Desci a escada correndo.

— Vinte e cinco segundos — disse a Sra. Monroe com uma expressão carrancuda, bloqueando a porta com seu corpo parrudo. — Roubou ou destruiu alguma coisa?

— Hoje não.

Vi a Sra. Monroe erguer a sobrancelha e preparar a palma da mão direita, enquanto o lábio superior com batom vermelho esboçava uma expressão maliciosa. Mas então a carne do corpo dela começou a tremer, e ela sorriu e deu um passo para o lado.

Saí correndo, e quando cheguei à biblioteca Lucas ainda estava varrendo o chão.

— O Ohlepse já recebeu um garoto chamado Solvosse Jonasson? — perguntei, sem fôlego.

Lucas ergueu a cabeça e me encarou.

— Por que a pergunta?

— Acabei de ver no bloco administrativo uma foto em que ele está.

— Se você já sabe, por que a pergunta?

— Porque eu só vi como ele é adulto. E as pessoas mudam.

— Tem certeza?

— Você não tem?

Lucas soltou um profundo suspiro.

— Bom, eu trabalho aqui porque espero que seja verdade que os jovens são capazes de mudar. Mas é claro que nos dias ruins todo mundo tem suas dúvidas.

— Você se lembra de Solvosse Jonasson?

— Ah, lembro.

— O que aconteceu com ele?

— Sei lá. Acho que ninguém aqui sabe.

— Como assim?

Lucas soltou um suspiro ainda mais profundo, o que me fez pensar no som das goteiras do casarão da floresta do Espelho. Ele apoiou a vassoura na parede e perguntou:

— Aceita uma xícara de chá?

16

— Ao LONGO DOS meus quarenta anos aqui, vi muitos jovens entrarem e saírem — comentou Lucas, que ainda não havia tocado na sua xícara de chá. — Um velho como eu não consegue se lembrar de todos, mas não é fácil esquecer um garoto como Solvosse Jonasson. A primeira vez que o vi foi quando ele veio aqui pedir um livro sobre magia.

— Magia das trevas?

Lucas ergueu a cabeça e me encarou.

— É. Mas a gente não tem livro desse tipo.

— De que tipo?

— Do tipo que pode colocar... ideias na cabeça dos garotos. Eu só não sabia que o garoto já tinha ideias que eu nem sequer conseguia imaginar.

— Como assim?

— Solvosse Jonasson não era só um garoto problemático, Richard. Ele era mau, sabe? Mau de verdade. — Lucas me encarou como se quisesse ter certeza de que eu tinha entendido todo o peso da palavra. — A maldade dele continua entranhada nas paredes do Ohlepse. Quando ele fugiu, todo mundo respirou aliviado. Ninguém disse nada, mas é de conhecimento geral que o diretor da época esperou dois dias antes de soar o alarme, para o garoto conseguir fugir e não ser mandado de volta para cá.

— E ele conseguiu fugir?

— Conseguiu.

Tomei um gole de chá.

— O que ele fez de tão ruim?

Lucas cruzou os braços e me observou como se estivesse refletindo sobre alguma coisa.

Lucas girou a chave na fechadura enferrujada e abriu a porta. O porão estava frio, tinha um ar carregado. Uma teia de aranha grudou no meu rosto quando entramos num quartinho que mais parecia um armário de vassouras de apenas dois metros quadrados. O único móvel era uma cama estreita.

— Costumávamos manter Solvosse Jonasson aqui, numa espécie de... — Lucas tentou encontrar uma palavra diferente, mas desistiu — ... isolamento. Para quem ficava violento. Depois que ele fugiu do reformatório, o lugar só foi usado três vezes, até que a diretoria decidiu fechar de vez.

— Por quê?

— Porque as três pessoas que foram isoladas nessa sala depois de Solvosse Jonasson tentaram se matar após passar apenas um dia aqui. Os dois primeiros foram vistos sentados à mesa, repetindo palavras e frases no café da manhã, e mais tarde, no mesmo dia, um tentou se enforcar no quarto e outro pulou do telhado, mas sobreviveu.

Senti um calafrio. Se matar? O quarto era um breu, não tinha janela, a pintura estava descascando e marcas nas paredes indicavam que alguém havia passado tempo ali com uma faca. Mas a verdade é que não é de todo estranho ter episódios de vandalismo e pichação no Ohlepse.

— Acreditamos que os dois garotos estavam repetindo palavras que tinham lido aqui, entalhadas nas paredes por Solvosse Jonasson — explicou Lucas. — Melhor não olhar para elas por muito tempo ou muito de perto...

Quando os meus olhos se acostumaram com a escuridão, percebi que as marcas nas paredes eram palavras e números. Estavam por toda parte, do chão ao teto. Pois é, até o teto. Apontei para cima e fiz cara de confuso.

— Não temos a menor ideia — disse Lucas. — Aqui dentro não tinha nada que ele pudesse usar para alcançar o teto. E ele também não entrou com nenhum objeto afiado. A única possibilidade é que tenha usado as unhas.

— As unhas? — perguntei, incrédulo.

— Não adianta fazer perguntas — disse Lucas.

Instintivamente, eu havia começado a ler uma palavra que começava com P-A-K-S, mas me forcei a desviar o olhar.

— O que aconteceu com a terceira pessoa que foi colocada aqui?

— Pintamos as paredes para esconder as palavras. Mas quando voltamos no dia seguinte ele havia raspado a tinta com os dentes e as unhas e estava tentando esmagar a cabeça na parede, como se não suportasse o que tinha dentro dela. Quanto sangue... Pobre rapaz. Se essas paredes fossem de tijolos...

Lucas balançou a cabeça.

— E agora vocês pintaram as paredes de novo?

— É só uma demão, como pode ver. Contratamos pintores profissionais, mas depois da primeira demão eles foram embora e se recusaram a voltar. Então, a gente mantém o quarto trancado e... — Lucas parou, como se tivesse ouvido algo que eu não tinha notado.

— Você não me contou como ele escapou.

— Porque não fazemos a menor ideia — disse Lucas, olhando para a escuridão que a luz da lâmpada acima de nós não conseguia alcançar no corredor do porão. — Quando chegamos aqui naquela manhã, a porta estava trancada, mas Solvosse Jonasson tinha sumido. Ninguém confessou ter aberto a porta para ele sair. Os agentes de segurança de plantão daquela noite juraram que ficaram acordados e não viram ou ouviram vivalma sair, à exceção de uma ave, uma pega que eles viram voando ao luar, saindo do bloco principal e passando por cima da cerca. Não que as pegas tenham alma, mas eles só devem ter mencionado isso porque não tem pega aqui na região.

— Será que o diretor-geral da época não soltou Solvosse para se livrar dele?

— É possível. — Lucas parecia forçar a vista, como se tivesse visto algo estranho na escuridão no fim do corredor. — Certo, Richard, vamos subir de volta.

Quando trancou a porta da escada para o porão, ele disse:

— Por favor, não conte para ninguém que eu te mostrei o quarto. Não que eu não tenha permissão, mas não quero espalhar medo num lugar com tanta alma atormentada.

— Claro — falei, conseguindo me impedir de fazer a pergunta óbvia: "Se ele não queria assustar pessoas como eu, por que me mostrou o quarto?"

Passei aquela noite em claro pensando em Karen. E no rastro que ela podia estar seguindo. E na foto com o rosto que parecia estar olhando para mim. E, no fim, pouco antes de dormir, numa pega grasnando na floresta. Acordei — ou pelo menos achei que estava acordado — quando o telefone do corredor tocou. Fiquei ouvindo o som e a respiração tranquila de Victor e Vanessa. Eu deveria acordar um deles? Não, eles tinham dormido cedo para estar prontos para a fuga depois do almoço do dia seguinte, algo que eu quase havia esquecido depois de todos os acontecimentos do dia. Fiquei esperando o telefone parar de tocar, mas não adiantou. Depois do que aconteceu com Tom, tentei me manter bem longe de qualquer telefone, mas o som era tão invasivo e insistente que achei que iria surtar se não parasse ou ninguém atendesse logo. Por fim, joguei as pernas para fora da cama, coloquei os pés no chão gelado e fui de fininho pelo corredor.

O telefone ficava na parede entre o banheiro e a saída de emergência. Só era usado para ligações transferidas a partir do bloco administrativo. Quem ligava em geral eram pais, amigos ou companheiros dos residentes que tinham alguém assim. Frank e Jenny chegaram a telefonar algumas vezes, mas eu sempre dava uma desculpa para não atender e dizia que podíamos conversar quando me visitassem, o que acontecia uma vez por mês. Na hora, não estranhei o telefone tocar de madrugada, mesmo sabendo que não havia ninguém no bloco administrativo, assim como nunca refletimos sobre nossa capacidade de voar ou sobre por que o céu está verde nos sonhos. Mesmo assim, senti os pelos se arrepiarem e o corpo resistir à medida que me aproximava do aparelho preto que tocava furiosamente.

Parei diante do telefone sem saber o que fazer.

Minha mão se recusava a levantar, mas meus pés não queriam voltar para o quarto e para a minha cama quente.

A cada toque o som ficava mais alto. Como era possível mais ninguém aparecer no corredor? Olhei fixo para o plástico duro e vibrante.

Então tirei o fone do gancho. Prendi a respiração e aproximei o fone da têmpora, com todo o cuidado, sem tocar na orelha.

— Alô? — falei, com a voz trêmula.

Ouvi alguém respirar fundo. Era uma voz nítida e suave, e de início eu não soube dizer se era de homem ou de mulher.

— Só estou dizendo a verdade.

— Alô? — repeti.

— Eu quero entrar. — Era homem. — E você quer me deixar entrar. Porque você é meu. Só estou dizendo a verdade.

— Eu...

— É isso que eles não suportam. A verdade. Eles não querem que a verdade entre.

— Tenho que ir — falei e estava prestes a desligar quando ouvi a voz dizer o nome dela.

— Hã? — perguntei, mesmo tendo entendido de cara.

— Karen — repetiu a voz.

— O que tem Karen?

— Ela acha que vai me encontrar. Mas sou eu que vou encontrá-la.

— Como assim? Quem é você?

— Você sabe quem sou eu. Ela vai queimar. A garota que você ama vai queimar. E não tem nada que você possa fazer. Porque você é pequeno, fraco e covarde. Você é um lixo. Escutou? Um lixo. E vai me deixar entrar.

Bati o telefone. Meu corpo inteiro tremia como se eu estivesse doente ou com febre. Havia uma palavra gravada na parede acima do telefone. Reconheci a caligrafia e fechei os olhos antes de ter tempo de ler. Precisava voltar para o quarto. Mantive os olhos fechados e, tateando as paredes com a ponta dos dedos, atravessei o corredor com o coração a mil e aquelas palavras ecoando dentro de mim. Lixo. Queimar. Lixo. Queimar. Não olhe, não leia. Tinha esfriado, e o ar parecia carregado. Meus dedos finalmente passaram por uma fresta, depois por algo que reconheceram como uma porta, então encontraram a maçaneta. Fiz força para baixo e a empurrei.

A porta estava trancada.

Abri os olhos. Não era a porta do quarto. Olhei ao redor. Eu estava de volta ao porão, diante da porta do quartinho onde Solvosse tinha sido mantido em isolamento. Havia uma chave na fechadura. Lixo. Queimar. Lixo. Segurei a chave, girei e abri a porta. Olhei para a escuridão. Não conseguia ver nada, mas sentia algo respirando ali. Larguei a maçaneta e saí correndo. Corri muito. Mas as minhas pernas pareciam presas em alguma coisa. Em lixo. Afundei num mar de lixo.

Acordei assustado. Algo no quarto estava diferente. A luz. A luz que entrava pela janela. Me sentei no beliche, olhei em volta e percebi que, pela primeira vez desde a minha chegada a Ohlepse, o sol brilhava. Victor e Vanessa estavam sentados acima de mim, balançando as pernas.

— Vocês ouviram o telefone tocar no meio da noite? — perguntei, esfregando os olhos para afastar o sono.

Eles me olharam e balançaram a cabeça.

— Ótimo, só queria ter certeza de que foi um sonho — falei, enquanto me levantava e começava a me vestir.

— Quando acabar de almoçar, não se esquece de esperar vinte minutos antes de entrar na cozinha — avisou Vanessa. — A essa altura o cozinheiro vai estar tirando uma soneca.

Fiz que sim com a cabeça. Eu já havia repassado o plano relativamente simples com os gêmeos pelo menos vinte vezes, e agora os dois repetiam os detalhes e me davam ordens, como se a ideia tivesse sido deles.

Durante o café da manhã, perguntei a algumas pessoas do nosso corredor se tinham ouvido o telefone de madrugada. Todas responderam que não, então deixei o assunto para lá.

Não prestei a menor atenção às aulas antes da hora do almoço, enquanto repassava mentalmente a carta de Karen, palavra por palavra. Fiquei pensando em como chegar a Ballantyne quando recebesse a autorização. Nunca tinha visto nenhum ônibus passar ali por perto, mas imaginava que alguma linha devia passar na estrada principal. Pensei em pedir a Lucas que me levasse até lá, mas de repente me dei conta de uma coisa: se alguém descobrisse a minha participação na fuga dos gêmeos, eu não teria a menor chance de receber a autorização. Olhei para o relógio: ainda faltava uma hora para o almoço. Por um breve instante pensei em contar o plano de fuga para o diretor-geral e dizer que não tinha a menor intenção de ajudá-los, que só estava fingindo pela minha própria segurança. Mas logo descartei a ideia. Eu podia ser muita coisa, mas não era dedo-duro, talvez por saber o que acontece com quem dedura. Só me restava torcer para tudo correr conforme o planejado.

17

Durante o almoço, eu trocava olhares com Victor e Vanessa sempre que eles vinham mancando pela porta vaivém da cozinha. Em vez de avental, os cozinheiros usavam um jaleco branco largo e um chapéu alto e pontudo que lembrava o da Ku Klux Klan. Havia dois cozinheiros, além dos gêmeos, que deixavam bandejas de metal com um prato de peixe, batata e legumes cozidos na bancada e retiravam as pilhas de bandejas com pratos sujos. Sempre que os nossos olhares se encontravam, eles faziam que sim com a cabeça para avisar que estava tudo sob controle. Olhei para o relógio de parede acima da porta vaivém; faltava uma hora para a chegada do caminhão de lixo.

Quando terminei de comer e coloquei o prato e os talheres na bancada, Lucas se aproximou de mim.

— O diretor-geral quer falar com você.

Senti o coração palpitar: era sobre o meu pedido.

Olhei para o relógio de novo. Ainda faltavam quarenta e cinco minutos para o caminhão de lixo chegar, não havia por que me estressar. Cruzei o pátio em direção ao bloco administrativo ainda mais rápido que da última vez. Os agentes de segurança no portão e na torre do relógio ficaram me observando, mas pareciam menos interessados que da vez anterior. Havia um carro verde, de um modelo que eu já tinha visto, estacionado do outro lado da cerca de arame farpado.

Dessa vez, não foi a Sra. Monroe quem abriu a porta, mas o próprio diretor-geral.

— Siga-me — disse ele naquele tom tranquilo que deixa qualquer um com os nervos à flor da pele.

Enquanto subíamos a escada em silêncio, me dei conta de que aquele não poderia ser o procedimento padrão para ele conceder uma simples autorização de se ausentar por alguns dias. Será que havia algo errado? Ele tinha ligado para Frank e Jenny, que não sabiam do meu pedido? Pior: será que os gêmeos falaram com alguém sobre o plano de fuga e essa pessoa me dedurou?

O diretor-geral segurou a porta vermelha aberta para mim. Quando entrei e vi o homem do outro lado da mesa, travei. Estava sentado com as mãos atrás da cabeça e acenou para o diretor sem dizer nada. Quando a porta se fechou atrás de mim, fiquei sozinho com ele.

O carro perto da cerca. O mesmo modelo, cor diferente.

Era o agente Dale.

— Me disseram que você fez um pedido de licença temporária — disse ele. — Já se cansou do Ohlepse?

Não respondi.

— Também me disseram que você tem tido um comportamento exemplar. Visto que a maioria das pessoas aqui tem o pedido atendido mesmo com um comportamento muito pior que o seu, seria normal atender ao seu também. Na verdade, estamos dispostos a oferecer uma licença mais longa. O que me diz?

Não falei nada, me limitei a engolir em seco.

— Talvez até sair daqui de vez. Não parece tentador, Richard?

— Parece — respondi, com esforço.

— Ótimo! — Ele tirou as mãos de trás da cabeça e uniu as palmas. — Vamos fazer isso acontecer, então. Com uma condição.

Fiquei esperando.

— Que você jogue o nosso jogo e nos conte o que aconteceu de verdade com Tom e Jack.

Abaixei a cabeça e olhei para os meus tênis. Engoli em seco outra vez.

— Eu joguei... — falei baixinho.

Dale se animou e tirou algo de dentro do paletó. Dessa vez não era uma pistola, mas um gravadorzinho preto com uma capa de couro perfurado. Colocou-o na mesa entre nós.

— Jogou quem? Os dois no rio?

— Você não entendeu. — Ergui a cabeça e o encarei. — Eu quis dizer que *já joguei o seu jogo*, já contei o que aconteceu. *De verdade*. O telefone e tudo mais.

Dale me encarou por um bom tempo. Então deixou escapar um suspiro profundo, uniu a ponta dos dedos e balançou a cabeça devagar.

— Richard, Richard... por favor, não venha me dizer que dirigi até aqui à toa.

Eu não conseguiria a autorização. Senti um nó na garganta.

— Você tem que me deixar ir para Ballantyne, agente Dale. Só por dois dias. Me dá dois dias para descobrir o que aconteceu com Tom e Jack, por favor.

Dale me lançou um olhar atento.

— Sabe, Richard, acho que você está ainda mais insensível agora do que quando te conheci. Você aprendeu a mentir tão bem que quase consegue convencer um policial federal. É isso que se aprende aqui no Ohlepse?

Por um segundo me senti tentado a dar o que ele queria e dizer que sim, havia matado Tom e Jack, mas não achei que isso faria com que concedesse a minha autorização.

— Por favor... — sussurrei, sentindo as lágrimas brotarem.

Notei que Dale ficou hesitante.

— Como vão as coisas por aqui? — perguntou o diretor-geral, que, sem que eu percebesse, tinha entrado e estava atrás de mim, parado à porta.

Dale se levantou tão de repente que as molas da cadeira do diretor--geral rangeram. Parecia irritado e desanimado.

— Ele é todo seu, diretor. Em algum momento vai acabar desistindo.

* * *

Tomei a decisão enquanto voltava para o bloco principal. Não foi difícil.

Entrei no quarto e coloquei a mão atrás do armário, onde havia escondido o pouco dinheiro que os gêmeos ainda não tinham encontrado.

Saí do quarto, na esperança de que fosse pela última vez.

Foi então que notei que o telefone não estava no gancho, e sim pendurado pelo fio. Era impressão minha ou estava saindo um som dele?

Cheguei perto e parei de repente. Senti todos os meus pelos se arrepiarem.

O som de sucção. O mesmo que ouvi quando Tom foi comido.

Então o som parou, como se a voz tivesse me ouvido chegar. Começou a falar:

— Você é um lixo. Ela vai queimar. Você é um lixo...

Dei meia-volta e andei depressa até a saída. A voz começou a gritar e o som ficou distorcido.

— Ela vai queimar. Você é...

Tapei os ouvidos e saí correndo. Fazia sol lá fora.

— Também vou — anunciei a Victor e Vanessa, quando eles viram que eu tinha empurrado não dois, mas três caçambas do pátio para a cozinha.

Eles me encararam, depois se entreolharam e por fim apenas fizeram que sim. Basicamente, tudo bem.

Como sempre, os dois cozinheiros tinham ido tirar uma soneca depois do almoço e deixaram os gêmeos lavando a louça. Só voltariam perto da hora do jantar, e ainda havia tempo até a chegada do caminhão de lixo.

Tiramos uma parte do lixo para abrir espaço nas lixeiras. Victor e Vanessa mantiveram as fantasias da Ku Klux Klan para evitar sujar as próprias roupas, entraram cada um numa lixeira e se enfiaram nos sacos de lixo. Fiz mais de dez furos em cada saco, eles se agacharam, e fechei os sacos com um nó.

Empurrei as três caçambas de volta para o pátio e as posicionei no lugar de sempre. Sabia que não dava para nos verem do portão ou da torre do relógio, mesmo assim corri os olhos em volta para ter certeza de que não havia ninguém por perto. Entrei na terceira caçamba, fechei a tampa sobre a cabeça e me enfiei no saco de lixo aberto. Tive dificuldade para dar um nó no saco em que eu estava, mas consegui. Depois foi só esperar.

Estava silencioso. Tão silencioso que não consegui bloquear as palavras que ouvi no telefone.

Depois de um tempo ouvi o caminhão de lixo chegar. Em seguida, passos. Perdi o equilíbrio quando a caçamba começou a se mexer e ouvi o som das rodinhas no asfalto. Logo depois, o zumbido hidráulico. Eu sabia que estava sendo erguido e senti um frio estranho na barriga. Estava prestes a cair no contêiner de coleta. Quando aconteceu, foi tão rápido que não tive tempo nem de pensar, só me dei conta de que havia caído em algo surpreendentemente macio. Mas pelo menos a voz na minha cabeça tinha se calado.

O caminhão partiu. Depois de dez ou quinze minutos sacolejando comecei a ficar enjoado, e a voz recomeçou. Para calá-la, comecei a cantar baixinho.

— *It's a long way to Tipperary. It's a long way to go. It's a long way to Tipperary. But my heart's right there.*

Eu repetia os versos sem parar, enquanto tentava pensar em qualquer outra coisa. Em Karen e eu, deitados no terraço da escola, olhando para as nuvens no céu. Em mim mesmo, boiando de costas num rio. Nadando até chegar à praia de uma ilha dos mares do Sul, onde vou me encontrar com outros garotos que serão meus amigos.

O sol havia saído, a temperatura estava aumentando, e o saco de lixo estava ficando úmido por dentro. E, com o calor, começou a subir um cheiro cada vez mais forte de merda. De fraldas. Presumi que estava um pouco longe delas, porque o fedor ia e vinha, mas com certeza alguém — provavelmente Victor — estava mais perto, porque logo em seguida ouvi o som inconfundível de alguém vomitando. Quando pensei nele vomitando dentro do saco de lixo, quase vomitei também. Mas nosso acordo era claro: ninguém podia sair do saco até sermos despejados no aterro, e isso só depois de contarmos até cem. Se um de nós fosse descoberto, os três se dariam mal.

Depois de um tempo, Victor começou a gritar alguma coisa, e fiquei com medo de os lixeiros ouvirem. Mas então Vanessa sussurrou alguma coisa, e ele se acalmou.

Eu não conseguia ver os ponteiros do meu relógio, mas cerca de uma hora havia se passado quando o caminhão diminuiu a velocidade e fez uma curva fechada à esquerda, depois mudou de marcha. Nesse instante senti um cheiro novo. Travei.

Fumaça.

Eu não tinha perguntado porque não havia me ocorrido que o aterro era um incinerador, que o lixo seria despejado numa fornalha e devorado pelas chamas. Mas ao mesmo tempo foi como se eu tivesse obtido a resposta para uma pergunta que não havia feito, como se uma profecia esquecida estivesse prestes a se cumprir.

Não era Karen quem iria queimar, era eu.

Senti o coração bater cada vez mais rápido, mas não me mexi. Não sei se fiquei apático, se simplesmente não aguentava mais ou se parte de mim aceitou que esse era o meu destino. O caminhão de lixo freou e parou, a caixa de câmbio chiou, ele deu ré, e no instante seguinte comecei a deslizar; num primeiro momento, devagar, depois mais rápido. E então a segunda queda livre.

Caí em algo macio outra vez.

O cheiro de fumaça ficou mais forte, mas eu não ouvia as chamas em si, só o caminhão de lixo voltando a andar, os pneus esmagando o cascalho enquanto o veículo ia embora lentamente. Quando eu já não conseguia mais escutá-lo, passei a ouvir o sussurro ao meu lado.

— Vinte e dois, vinte e três, vinte e quatro...

Fiquei deitado, tentando ouvir outros sons que pudessem me dizer algo sobre a nossa situação.

Nada.

Enfiei um dedo num dos buracos que tinha feito no saco de lixo e olhei através dele. Tudo o que consegui ver foi um mar colorido e ondulante de lixo e uma coluna de fumaça se erguendo atrás de uma montanha de entulho.

— Trinta e seis, trinta e sete...

Senti um impacto no saco de lixo e uma coisa afiada, como uma garra, cortou o plástico e agarrou o meu ombro. Dei um grito por instinto e afastei a garra. O animal grasnou e foi embora.

Olhei pelo buraco que ele havia feito e vi uma gaivota grande e gorda batendo as asas para longe. Como já estava exposto, me ajoelhei e observei o horizonte interminável de lixo ao meu redor, interrompido somente pela rampa de descarga de onde o caminhão havia despejado seu conteúdo. Quando me levantei, consegui ver a pista de cascalho serpenteando pela paisagem pantanosa e sem árvores em direção à estrada principal, por onde passava um caminhão silencioso carregado de troncos de madeira. Do outro lado do lixão, a pouco mais de cem metros, vi um carro destruído e um galpão de madeira com uma chaminé fina e enferrujada que expelia uma coluna de fumaça branca que subia. E um homem.

Eu me abaixei, mas sabia que era tarde demais. O homem estava sentado numa cadeira dobrável em frente ao galpão e provavelmente tinha me visto. Rastejei até o saco de lixo que continuava a contagem — a essa altura, no quarenta e cinco — e o abri. Vanessa parou e me encarou.

— Viram a gente, temos que correr — sussurrei. — Cadê Victor?

Vanessa apontou para um saco de lixo perto de nós, à direita. Todos os sacos pareciam iguais, e eu não fazia ideia de como ela conseguia saber que Victor estava justamente naquele, mas preferi não perguntar.

Com os três fora dos sacos de lixo, percebi que o homem no galpão não tinha vindo atrás de nós, então me levantei rápido para dar uma olhada e me abaixei de novo logo em seguida. O homem usava o que parecia ser um chapéu de feltro.

— Ele continua sentado — sussurrei. — Talvez não tenha visto a gente. Talvez a gente possa ir rastejando até a estrada principal sem ser visto.

— Vamos ter que rastejar no lixo? — perguntou Vanessa, fazendo cara de nojo.

Não sei quando ela passou a se achar importante demais para rastejar no lixo, mas talvez ela só tenha pensado que teria que passar por mais fraldas sujas.

— Ratos — disse ela, como que respondendo aos meus pensamentos.

— Como você sabe... — comecei.

— Todo lixão tem rato — interrompeu ela. — Eles são enormes e mordem.

Algo me disse que ela estava falando por experiência própria, então fiquei calado enquanto tentava pensar em outra maneira de sair dali.

Ouvi Victor dizer alguma coisa atrás de nós, e ele não estava sussurrando. Me virei e vi, assustado, que ele estava em pé, totalmente visível.

— Se abaixa! — sussurrei.

Victor continuou de pé. E, como se não bastasse, começou a acenar.

Agarrei o jaleco de Victor e tentei puxá-lo para baixo.

— O que você está fazendo? — perguntei.

— Ele é cego — disse Victor.

— Como?

— É cego. Não enxerga.

— Eu sei o que é... — Resolvi me levantar e olhar para o homem. Ele estava sentado, imóvel. Mas como Victor sabia que ele era cego?

— Ele está certo! — gritou o homem, a voz ecoando pelo lixão. — Sou cego feito um morcego!

18

— UM CEGO, DOIS mancos e um apavorado — disse o homem na cadeira dobrável com um sorriso.

Vanessa, Victor e eu estávamos lado a lado diante do homem. Nenhum de nós tinha dito uma palavra sequer, apenas o observávamos. Ele usava um terno um número acima, camisa branca, chapéu de feltro e luvas brancas. O rosto sob o chapéu era preto; a barba e o sorriso, brancos. Os olhos dele eram cobertos por uma película que me remeteu ao lago na floresta do Espelho, repleto de ovos de rã nos quais eu havia tacado pedras para ver se sentia peso na consciência. E senti, mas continuei tacando mesmo assim.

Vanessa, Victor e eu nos entreolhamos, cheios de dúvida.

— É por causa delas — disse o homem, apontando para o maior par de orelhas que eu já tinha visto. Pareciam duas bandejas. — Vocês dois arrastam um pé quando andam, e você... — continuou, apontando para mim com a bengala preta com uma bola de latão reluzente na ponta — ... está com a respiração rápida e entrecortada. Relaxem. Não precisam ter medo de nada aqui. Chegaram com o lixo?

— Não — respondeu Vanessa rapidamente.

— Foi uma pergunta retórica, menina. Significa que eu *sei* que vocês chegaram com o lixo. O portão não foi aberto depois que o caminhão saiu, e vocês chegaram aqui andando pelo meio do aterro e não pelo caminho. — Ele apontou para as orelhas enormes de novo. — Ninguém se aproxima de fininho do velho Feihta. E então? Quais são os seus planos?

— Estamos indo para o sul — respondi. — Ou norte. Depende. Como a gente sai daqui?

— Como vocês não têm carro, vão ter que pegar um ônibus.

— Quando ele passa por aqui?

— Uma vez por dia. E infelizmente saiu tem duas horas.

Nós três que enxergávamos trocamos um olhar.

— A gente consegue pegar carona?

O homem negro na cadeira dobrável soltou uma bela gargalhada.

— Qual é a graça? — perguntei.

— Ninguém por aqui pede ou dá carona há trinta anos, desde o dia em que Hardy foi baleado. Acreditem, vocês não vão conseguir pegar carona.

— Porque um carona atirou num motorista chamado... Hardy, trinta anos atrás?

— Foi pior que isso. — O cego suspirou. — Hardy também atirou no carona. É por isso que ninguém pede ou dá carona por aqui.

— Que droga.

— Pois é, que droga. Querem ouvir o restante da história?

— Não, obrigado — respondi. — Precisamos ir.

— O ônibus só sai daqui a vinte e duas horas — disse o homem, me ignorando. — Continuando, a polícia disse que Hardy, que tinha cumprido pena por roubo à mão armada, estava procurando uma vítima. E o rapaz que pegou carona estava fazendo a mesma coisa.

Olhei para Victor e Vanessa, que se limitaram a encolher os ombros.

— Os dois estavam armados — prosseguiu o sujeito. — Atiraram um no outro com o carro em movimento. O carro continuou andando até bater na placa do vilarejo de Winterbottom. Com isso, os dois cadáveres esmagaram a cara no para-brisa, formando dois desenhos vermelho-sangue em formato de rosa idênticos no vidro.

— Pou! — soltou Victor.

— E isso, meu amigo manco, é tão verdade quanto o meu nome é Feihta Rice. — O cego se virou e apontou a bengala para o veículo destruído que eu tinha notado, um Toyota branco. — Largaram o carro aqui, porque ninguém queria um automóvel onde pessoas tinham sido assassinadas, mesmo em boas condições. Vão dar uma olhada, as rosas vermelhas continuam lá. Me ajuda aqui, minha querida.

Feihta Rice estendeu a mão enluvada. Vanessa ficou confusa num primeiro momento, mas acabou ajudando o homem a se levantar da cadeira dobrável. Ele andou cambaleante em direção ao carro com suas pernas longas e finas. Vanessa, Victor e eu trocamos outro olhar, demos de ombros e o seguimos. Era verdade: havia dois padrões de impacto em formato de rosa no para-brisa dianteiro do Toyota, uma mossa no para-choque e arranhões na pintura. Mas fora isso o carro parecia em bom estado. Notei que as chaves estavam na ignição.

— E o senhor disse que o carro ainda funciona?

— Feito um relógio suíço.

Olhei para os gêmeos.

— Algum de vocês sabe...

— Eu sei! — disse Vanessa.

Victor fez que sim, confirmando.

Tateei o dinheiro no bolso.

— Quanto quer pelo carro, Sr. Rice?

— Pelo carro? — Ele ergueu os olhos acinzentados para o sol por um instante. — Mil dólares.

— Pou! — bufou Victor.

— Sr. Rice, o senhor não consegue nem dirigir o carro — argumentei.

— O preço, meu amigo assustado, não é determinado por quanto o carro vale para mim, e sim para vocês. E deve valer muito, porque vocês são fugitivos e estão sendo procurados pela polícia.

Victor me encarou de olhos arregalados.

Pigarreei.

— Por que acha isso, Sr. Rice?

— Porque vocês cheiram a lixo, não sabem onde estão e o som das sirenes da polícia está se aproximando rápido.

— Sirenes?

Ele apontou para os próprios ouvidos.

— Eu chutaria que chegam aqui em três minutos.

Engoli em seco. Fechei os olhos. Tentei pensar. O que aconteceu depois que eu saí da sala do diretor-geral? É claro que o agente Dale não iria pegar uma longa estrada de volta para casa sem fazer mais uma tentativa de me convencer a confessar, só que não me encontraram e soaram o alarme. Quando perceberam que os gêmeos também tinham sumido, o agente Dale usou... Qual era a palavra mesmo? Dedução! Descartou tudo que era impossível até ficar com o que era possível e descobriu como havíamos escapado. E claro que a viatura da polícia — que eu ainda não conseguia ouvir — era muito mais rápida que o caminhão de lixo.

Pigarreei outra vez.

— Sr. Rice, o senhor pode nos emprestar o carro e não contar à polícia sobre a gente?

— Ah, acho que não.

Olhei para Victor e Vanessa. Victor fez que sim bem devagar, como se estivesse tentando me dizer alguma coisa, e enfiou a mão no jaleco de cozinheiro. Quando tirou, fiquei horrorizado: estava segurando uma faca de cozinha enorme. Balancei a cabeça desesperado, mas Victor só balançou a cabeça lentamente, como se avisasse que a decisão estava tomada. Deu um passo para perto de Feihta e ergueu a faca.

— Toma o dinheiro do carro! — disparei e coloquei as cédulas na mão de Feihta.

Victor travou com a faca apontada para o homem de chapéu de feltro. O sol reluzia na lâmina.

Feihta encostou a bengala no carro e contou o dinheiro com a ponta dos dedos.

— Só tem setecentos — disse ele.

— O nome disso é pechincha — falei.

— O nome disso é tentar passar a perna num cego. Você vai ter que inventar algo melhor que isso, garoto. E não vem me dizer que isso é tudo que tem. A polícia chega em dois minutos, então anda logo.

— Tá — falei e passei a língua nos lábios. — Eu tenho que voltar para casa para ajudar a minha namorada.

— Vai ter que fazer melhor que isso! — soltou Rice.

— Preciso do restante do dinheiro para comprar uma coisa legal para ela!

— Ainda não.

Respirei fundo e gritei o mais alto que consegui:

— Me dá o carro ou a gente vai meter a faca em você!

— Agora, sim! O carro é de vocês!

Ele pegou a bengala e se afastou do carro enquanto Victor, Vanessa e eu corríamos para entrar.

Vanessa girou a chave na ignição. Nada.

Tentou de novo. Nada ainda.

Rice bateu a bengala na janela lateral e eu abaixei o vidro.

— A bateria morreu, rapaz.

— Você não falou isso!

— Vocês que quiseram comprar, eu não dei garantia nenhuma. Mas tenho cabos para fazer uma chupeta e deixo vocês carregarem a bateria direto do meu gerador. Cinco pratas. Interessados?

— Eu não tenho... — comecei.

— Toma — disse Victor do banco de trás, oferecendo uma nota de cinco dólares amassada pela janela.

— Viu? — disse Feihta Rice, alisando a cédula. — Mas talvez demore um pouco, acho que não vai dar tempo. Então sugiro que vocês fiquem deitados no banco de trás até a minha próxima visita ir embora.

Uma gaivota soltou um guincho frio acima de nós e nesse momento também consegui ouvir um som grave trazido pelo vento. A sirene da polícia.

Vanessa e eu engatinhamos para a parte de trás do carro e nos jogamos em cima de Victor, que já estava deitado no piso. Ouvi a porta se abrir, e algo foi colocado sobre nós: um cobertor com um leve cheiro de lixo.

O som da sirene aumentou e logo depois sumiu, imagino que a tenham desligado quando saíram da pista principal. Em meio ao silêncio, ouvi a respiração dos irmãos, o som do cascalho, o ronco de um motor potente de oito cilindros, portas sendo abertas e logo depois fechadas. Por fim, vozes.

— Não podemos confiar nele — sussurrou Vanessa.

— Era melhor ter matado ele — sussurrou Victor.

— Xiu! — falei. — Estão vindo para cá.

Ouvi os passos de três, talvez quatro pessoas.

— Tudo isso é muito interessante, Sr. Rice. — Era a voz do agente Dale. — Mas eu não estava trabalhando nessa época e não vim aqui para ouvir você contar a história desse duplo homicídio, que aconteceu há trinta anos, e sim para encontrar três jovens fugitivos. Então me permita perguntar outra vez: o senhor viu esses fugitivos ou não?

Prendi a respiração e senti que os gêmeos fizeram o mesmo.

A voz de Feihta Rice soou tão solene quanto a de um padre quando ele respondeu:

— Juro pelo túmulo da minha mãe e pela santa Virgem Maria, agente Dale. *Nunca* vi os três fugitivos de que o senhor está falando. E pode me colocar na cadeia se eu estiver mentindo. Mas...

— Mas...? — repetiu o agente Dale, parecendo esperançoso.

— Mas dá uma olhada nessas duas rosas. São idênticas! Não é incrível?

O agente Dale soltou um gemido baixo.

— "Incrível" é a palavra exata — disse ele.

Ouvi o som de passos se afastando e voltei a respirar. As portas da viatura foram abertas e fechadas. O motor foi ligado, e logo em seguida escutei o som de um Pontiac LeMans se afastando.

* * *

— Obrigado — falei e tomei um gole da limonada que o Sr. Rice havia posto na mesa. Uma mosca passou zumbindo e pousou no parapeito. Abri a janela para deixá-la sair.

— Por que os outros dois não quiseram? — perguntou o Sr. Rice, sentado num sofá-cama embaixo de algumas prateleiras de livros.

O barraco dele era um só ambiente que combinava sala, cozinha e quarto, mas era aconchegante, limpo e mobiliado com todo tipo de solução engenhosa e caseira, como uma barra imantada que prendia diversas ferramentas, chaves, talheres, moedas, um abridor de lata e outros objetos que podem ser necessários em algum momento.

— Eles não gostam de ficar em lugares fechados — respondi, olhando para os gêmeos lá fora.

Eles haviam tirado os jalecos e estavam sentados cada um em um tambor de óleo em frente ao capô aberto do carro, olhando para ele como se pudessem *ver* a eletricidade passar pelos cabos até a bateria.

— Aliás, obrigado — disse Rice.

— Pelo quê?

— Por impedir o rapaz manco de me esfaquear.

Olhei para ele com espanto.

— Como o senhor sabe...?

— Ah... — disse ele, inclinando a cabeça. — Aço tem um som característico. E medo tem um cheiro. Não preciso ver para saber. Acontece um monte de coisa ao nosso redor o tempo todo, mas os nossos sentidos não percebem. Eu sei porque não tenho um sentido que outras pessoas me dizem que existe, embora eu não saiba o que significa enxergar as coisas. Por outro lado, ninguém vai dizer para você que sentidos você não tem.

— Então o senhor acredita que acontecem coisas que não somos capazes de perceber ou entender?

— Não acredito, rapaz: tenho *certeza*. Basta ver o caso do tiroteio com Hardy. Quem me explica como o menino simplesmente desapareceu?

— Desapareceu? O senhor não falou que ele morreu?

— É, falei, mas não ponho a mão no fogo. Pelo que deu para perceber através dos sentidos, arrisco dizer que ele estava morto, mas gente como ele não morre com tiro de pistola. Quando o médico entrou no necrotério na manhã seguinte, o pássaro tinha voado. Literalmente. Ele tinha voado feito um pássaro.

Feito um pássaro. Há trinta anos. Vi os pelos dos meus braços se arrepiarem.

— Qual era o nome dele?

O Sr. Rice balançou a cabeça.

— Nunca descobriram. Mas ele não era da região, porque ninguém em Evans ou nos arredores foi dado como desaparecido.

— Mas o senhor tem uma ideia de quem ele era, não tem?

Ele deu de ombros.

— Dias depois, a gente soube que um menino tinha fugido do reformatório. E pelo que disseram esse rapaz parecia ser um deles.

— "Deles"?

— Pessoas capazes de se transformar em criaturas voadoras e que só podem ser mortas de um jeito.

— Como?

— Com fogo. Elas precisam ser queimadas.

Olhei para o Sr. Rice, sentado no sofá-cama com o chapéu de feltro ao lado. Ele olhava para o nada, enquanto o sol que entrava pela janela fazia seu couro cabeludo suado e reluzente brilhar. Nesse momento me dei conta de que existia muita coisa que eu não conseguia ver. E provavelmente nem queria.

— Eu te dei notas de dez dólares — confessei.

— É, eu sei a diferença entre uma nota de dez e uma de cem. Já, já a bateria termina de carregar.

— Por que está fazendo isso, Sr. Rice? Digo, ajudando a gente.

— Não sei se teria ajudado os outros dois, acho que são causas perdidas, coitados. Mas para você ainda existe esperança.

— Esperança de quê?

— De se encontrar. Encontrar o seu verdadeiro eu. O garoto legal e gentil que está tentando esconder.

— Eu, gentil? — Dei uma bela de uma gargalhada. — O senhor não sabe o que eu fiz, Sr. Rice. Eu fiz um garoto que queria ser meu amigo se transformar num inseto. Depois disso, tentei esmagar ele só porque... Bom, nem sei por quê.

Senti a voz estranhamente trêmula.

— A gente faz muita bobagem quando está com medo. Mas agora que você está se sentindo seguro acabou de deixar uma mosca sair pela janela. Qual deles você acha que é o seu verdadeiro eu? Se conseguir se livrar do que faz você sentir medo, acho que vai descobrir uma pessoa diferente, uma pessoa de quem você gosta, a pessoa que era antes. E não vai precisar ser quem você odeia a ponto de se forçar a ser cruel com as pessoas.

Senti os olhos arderem.

— Ele disse...

— Sim?

Tive que engolir em seco várias vezes para conseguir pronunciar as palavras.

— Ele disse que eu era um lixo.

— Hummm. Foi isso que ele disse? Bom, de lixo eu entendo, e sabe de uma coisa, Richard? — Ele se inclinou para perto de mim e pôs a mão no meu ombro. — Você não é um lixo.

Fechei os olhos. A mão dele era grande e quente, e a voz soava muito próxima conforme ele repetia:

— Você não é um lixo. Você não é um lixo. Tá bem?

Fiz que sim com a cabeça.

— Tá bem — respondi com a voz embargada.

— Repete.

— Eu não sou um lixo.

— Ótimo. Diz mais uma vez. Devagar. Sentindo de verdade.

— Eu. Não. Sou. Um. Lixo — repeti, sentindo de verdade.

E foi isso.

Ou melhor, não foi, porque faltava alguma coisa. De repente, eu me senti leve feito uma pluma.

— Está melhor?

— Estou. — Abri os olhos. — O que o senhor fez?

O Sr. Rice estava com um sorriso aberto de orelha a orelha.

— Foi você que fez, Richard. Vamos chamar de magia da luz, do tipo que funciona contra a magia das trevas. — Ele calçou as luvas de volta, pegou a bengala e bateu duas vezes no chão. — Vamos sair para você seguir o seu caminho?

Eu me levantei, mas parei quando estava prestes a me abaixar para sair pela porta baixa.

— Tem outra coisa que não consigo tirar da cabeça. A voz disse que iria queimar ela.

— Que voz?

— De Solvosse Jonasson.

O sol que entrava pela janela sumiu — provavelmente tapado por uma nuvem —, e vi o rosto de Feihta Rice se transformar, como se ele tivesse sentido uma dor repentina.

— Solvosse — repetiu, fechando os olhos.

As pálpebras dele eram finas, quase transparentes, lembravam asas de morcego. Elas começaram a tremer.

O guincho frio de uma gaivota soou lá fora.

19

— Mais rápido! — gritei.

— Isso é o mais rápido que dá! — gritou Vanessa, curvada para a frente, tentando enxergar entre os dois padrões em formato de rosa no para-brisa.

Victor estava no banco de trás, inclinado entre mim e Vanessa, olhando para a frente em silêncio, mais pálido que de costume. Desde que saímos do lixão, nuvens carregadas tomavam conta do céu e prometiam chuva. Muita chuva. E para piorar já estava quase escurecendo.

Olhei o relógio.

Feihta Rice tinha dito que Solvosse a havia capturado. Não sei o que ele viu dentro daquelas pálpebras trêmulas, mas ele disse que Karen estava em perigo, que havia sido capturada por palavras malignas que ele não conseguia identificar, mas que eu precisava descobrir quais deveriam ser utilizadas para libertar Karen. Explicou que eu precisava tirar Solvosse de dentro dela. E que era urgente, porque uma tempestade estava se aproximando, e em breve as trevas — essa coisa da qual os videntes sempre falam — pairariam sobre todos nós e seria tarde demais.

Quando passamos por uma placa informando que estávamos a doze quilômetros de Ballantyne, os faróis iluminaram algo brilhante e metálico num poste telegráfico.

— Para!

Vanessa me encarou e pisou no freio.

— Que foi? — grunhiu Victor.

— Já, já vai escurecer — falei. — A gente não vai chegar a tempo. Eu tenho que...

Saí correndo do carro e fui até o poste. Achei estranho encontrar um poste telegráfico com telefone no meio do nada, longe de qualquer casa. Imaginei que seria útil para pessoas com problema no carro ou outra emergência.

Apalpei os bolsos procurando moedas, mas não encontrei nada, e sabia que os gêmeos também estavam zerados. Mais cedo, Victor ficou com sede, mandou Vanessa parar num posto de gasolina e me obrigou a esvaziar os bolsos da calça. Só deixou Vanessa continuar dirigindo quando ficou claro que ninguém tinha mais um centavo sequer.

Chutei o poste com raiva e olhei para os fios que corriam para o sul, em direção a Ballantyne. Em direção a Karen. Em direção à floresta do Espelho. Peguei o fone e gritei:

— Vem me pegar! Anda, seu monstro desgraçado, vem para cima de mim, não dela!

Mas tudo que ouvi foi o sinal de linha contínuo. O sinal de linha! Olhei para os números de emergência numa plaquinha colada no aparelho. REBOQUE era um deles. Disquei o número. Tocou. Sim, tocou! O terceiro toque foi interrompido por uma voz:

— Reboques Karlsen.

— Meu nome é Richard Elauved — falei, percebendo que precisaria me esforçar para não falar rápido demais. — Sei que não é problema seu, mas acabei de sair de casa em Ballantyne e esqueci o forno aceso cheio de comida. Vai pegar fogo, se é que já não pegou.

— Quantos anos você tem, Richard? E cadê os seus pais?

— Dezessete — menti. — Meus pais estão no nosso chalé, e era para lá que eu estava indo.

— Tá bom, a gente pode ir até lá ou chamar a polícia e...

— Não dá tempo, é porco assado, a gordura já deve ter pegado fogo, e você, eu e a polícia estamos muito longe. Preciso ligar para os meus vizinhos e pedir que eles entrem lá em casa, mas estou sem moeda nenhuma. Pode me transferir? Eu tenho o número de telefone deles.

— Me passa o número. Eu ligo para eles e passo o recado.

— Não dá, eles só falam sueco.

— Sueco?

— São velhinhos. — Soltei algumas frases aleatórias em sueco que o meu pai me ensinou, algo sobre almôndegas e Smörgåsbords. E calças.

— *Vista as calças!* — falei em sueco.

— Foi mal, garoto — disse a mulher, começando a achar a minha história complicada demais —, mas isso aqui não é uma central telefônica. Vou desligar agora, você pode ligar para a polícia de graça.

— Espera!

— O quê?

Respirei fundo algumas vezes. Eu precisava levar oxigênio ao cérebro, precisava pensar. Mas toda vez que ela dizia a palavra "polícia", eu via o rosto de McClelland e do agente Dale, entrava em pânico e travava. Respirei fundo e tentei pensar em Karen.

— Você tem outro telefone no escritório, não tem? — perguntei.

— Tenho.

— Pode ligar para o meu vizinho e encostar os fones?

Percebi a hesitação da mulher.

— É o porco assado da minha mãe — falei com um tremor quase natural na voz. — A ideia era eu só esquentar no forno. É o melhor porco assado do mundo. Minha mãe deixou pronto ontem, antes de sair com o meu pai. O problema foi que eu passei o dia arrumando a minha bolsa de viagem e fazendo um monte de coisa e acabei esquecendo. Ela é a melhor mãe do mundo. — Fingi que ia chorar e me perguntei se estava exagerando. — E agora a casa dela vai...

— Me passa o número, Richard.

Fiquei ouvindo a mulher fazer a ligação. Em certo momento ela disse:

— Sra. Taylor, Richard quer falar com a senhora. — Ela pegou o telefone em que estava falando comigo e disse: — Ela está na linha.

— Karen? — falei.

— Karen está no quarto — disse a voz. — É o Richard da escola?

— Preciso falar com ela, Sra. Taylor.

— É uma pena, mas ela não está bem e não pode ser incomodada. É o Richard Elauved? Aquele que...

— Ela não está bem? — interrompi, torcendo para também ter interrompido a linha de raciocínio dela. — O que que ela tem?

— É... A gente está cuidando disso. Mais alguma coisa, Richard?

— Ela está se comportando de um jeito estranho?

— Preciso desligar, Richard.

— Espera! Ela está repetindo a mesma palavra?

Silêncio do outro lado da linha.

— Qual é a palavra? — perguntei.

Sem resposta.

— Sra. Taylor, isso é importante. Não sei se posso ajudar, mas sei que não posso ajudar se não souber a palavra.

Ouvi a respiração trêmula da mãe de Karen e logo depois ela começou a chorar.

— Não é uma palavra — respondeu ela, soluçando. — É só... Parece que ela está dizendo "Solvosse". Ela só fica lá sentada encarando a parede e repetindo essa palavra. O médico receitou sedativos, mas ela não toma. Ela...

— Sra. Taylor, me escuta. A senhora precisa ficar perto dela. Ela pode tentar se ferir.

— Que história é essa? — rebateu a Sra. Taylor, de repente furiosa. — O que isso tem a ver com você, Richard Elauved? O que você deu para ela? Drogas? LSD?

— Não tira os olhos dela, Sra. Taylor. Vou desligar agora.

Ouvi um estrondo vindo das nuvens carregadas logo acima de mim e senti as primeiras gotas de chuva.

— Pisa fundo — falei ao entrar no carro.

* * *

Começou a cair um temporal, e os limpadores de para-brisa do Toyota oscilavam freneticamente de um lado para o outro. Através da película de água que descia pelo para-brisa, a estrada mais parecia um rio, e eu mal consegui enxergar a placa informando que estávamos entrando em Ballantyne. A escuridão era total, e a chuva batia tão forte no teto do carro que eu precisava gritar as instruções. Uma luz vermelha começou a piscar no painel, avisando que o combustível estava acabando. Tínhamos conseguido, mas torci para ainda ter gasolina suficiente para fazer tudo que eu tinha em mente. A rua principal estava deserta e alagada.

— Pare aqui — falei, assim que atravessamos o pequeno centro de Ballantyne e chegamos a uma área sem iluminação pública. Estacionamos e saímos do carro. A chuva estava diminuindo, talvez o céu estivesse começando a ficar sem água. As árvores pareciam uma muralha escura e silenciosa à nossa frente. Era a floresta do Espelho.

— E se não pegar fogo? — perguntou Vanessa. — Está tudo encharcado.

— *Vai* pegar — falei, talvez de um jeito esquisito, porque Vanessa e Victor se afastaram de mim.

Abri o porta-malas, peguei o galão, enfiei a mangueira no tanque e comecei a sugar pela outra ponta. Quando senti o gosto salgado da gasolina na boca, cuspi e coloquei a mangueira no galão. O combustível saiu aos poucos, até que começou a gotejar e por fim parou. Sacudi o galão. Era pouca coisa, no máximo um litro, mas talvez bastasse. Embrulhei num saco plástico a caixa de fósforos que o Sr. Rice tinha me dado e a guardei no bolso da calça. Por fim, começamos a andar.

A chuva havia parado completamente, mas estava tão escuro que eu não conseguia ver muito à frente. Por sorte, o cascalho era claro, e podíamos nos orientar por ele.

Tudo parecia diferente. Era como num cinema pouco antes do início do filme: totalmente escuro, com o som das gotas que caíam das árvores lembrando os sussurros dos espectadores, os sons de embalagens, mastigação, beijos, risadinhas.

Foi então que me ocorreu: eu ia convidá-la para ir ao cinema. Era o que eu ia fazer, se tudo desse certo. Eu balançava o galão no ritmo dos passos e tentava me ater a esse pensamento. Óbvio que ela diria não, mas eu não precisava pensar nisso. Porque a verdade é que não daria certo. Não tinha como dar certo. Prendi a risada. Porque mesmo assim eu tinha que tentar, por mais que parecesse inútil. Quer dizer, o que mais eu poderia fazer?

E então, tal como acontece quando a sessão vai começar, a cortina de nuvens se abriu e eu vi a luz.

— Nossa! — soltou Vanessa.

Victor não disse nada, mas estava mais boquiaberto que o normal.

Porque à nossa frente, iluminada pelo luar, estava a casa.

Os chifres demoníacos na cumeeira dos telhados, o carvalho atravessando o teto, as janelas pretas refletindo o luar.

A Casa da Noite.

Fui até o portão com as iniciais H. P. B., dei um chute com a sola do tênis e ele se abriu com um rangido.

— Vamos — falei.

20

VANESSA, VICTOR E EU seguimos em direção à casa em fila indiana. Eu mantinha o olhar fixo no janelão abaixo dos chifres do diabo. Estava escuro e não tinha rosto nenhum.

Quando chegamos à porta, ouvi Vanessa e Victor pararem atrás de mim. Dei meia-volta.

— A gente não vai entrar com você — sussurrou Vanessa.

— Hein? Vocês disseram que queriam entrar para ver se tinha alguma coisa que valesse a pena roubar.

— A gente mudou de ideia.

Não havia tempo para discutir, e, pelo olhar determinado deles, intuí que não conseguiria convencê-los. Segurei a maçaneta e empurrei com toda a força. A porta se abriu de repente, e senti um fedor úmido e indefinido de decomposição e morte.

— Espera aí — sussurrou Vanessa. — As chaves do carro.

Me virei para eles. Victor havia sacado a faca.

— Agora — ordenou ele.

— Vai que você não sai daí... — disse Vanessa com um sorriso sem graça, meio que pedindo desculpas.

Enfiei a mão no bolso e entreguei as chaves a ela. Eles não iriam longe num carro sem gasolina.

Entrei na casa sozinho.

O luar atravessava o janelão e iluminava o salão com uma luz mágica, quase irreal. Quando abri a porta, uma corrente de ar deve ter entrado comigo, porque as folhas secas começaram a deslizar no chão, e, de repente, ouvi um estrondo atrás de mim. A porta havia se fechado.

Prendi a respiração e prestei bastante atenção. O barulho tinha acordado alguém? Só consegui ouvir o mesmo som de goteira de antes. E um rangido, como se alguém estivesse andando pelas tábuas do piso, só que o barulho vinha de baixo. Olhei para o chão. Acho que era imaginação minha, mas em alguns lugares parecia que as tábuas estavam se mexendo. Ergui a cabeça e olhei em volta. Parecia tudo igual desde a última visita, menos a porta do quarto onde encontramos os morcegos dormindo. Até onde eu me lembrava, nós a deixamos aberta, mas agora estava fechada.

Fui até o piano de cauda destruído e os móveis empilhados, desenrosquei a tampa do galão, despejei metade da gasolina na pilha e joguei o restante no chão. Tirei os fósforos da caixa. Quando acendi um, ouvi um suspiro profundo, como quando se tira o pé de um lamaçal. Dei uma olhada rápida em volta, joguei o fósforo aceso, e as chamas se acenderam de imediato. Fiquei observando, fascinado, o fogo se espalhar pelo chão e lamber o papel de parede.

O piano emitiu um som parecido com o de um tiro, seguido por uma nota aguda. Depois outro tiro e uma nota um pouco mais baixa, e me dei conta de que eram as cordas arrebentando. Quando o fogo atingiu a moldura da pintura arruinada, uma chama subiu bem alto e fez a tela se enrolar num primeiro momento, depois se esticar de volta. O fogo foi eliminando as camadas de sujeira, a umidade e as teias de aranha acumuladas pelo descaso ao longo do tempo, até surgir um retrato. Um homem usando o tipo de roupa que eu tinha visto num livro da biblioteca, sobre o tal Hamlet. Talvez a pintura tivesse séculos. Mas o que não fazia sentido era o fato de eu já ter visto aquele rosto duas vezes antes: uma na janela daquela mesma casa e outra numa foto no reformatório. Por outro lado, batia com o que Feihta Rice tinha dito sobre um ser eterno que só podia ser destruído pelo fogo. Senti um calafrio ao ver o rosto à minha frente ganhar vida e fazer uma careta de raiva quando a tinta derreteu e começou a escorrer. Por fim, o homem foi consumido pelas chamas.

Ouvi um som de pancada. Dessa vez não era do piano, e sim da escadaria. Vi uma coisa parecida com uma cobra abrindo caminho por entre duas tábuas do assoalho. Escutei um estrondo, esse mais próximo de mim, e vi um talo se retorcendo, abrindo espaço por entre duas tábuas do piso e se erguendo ao luar como se estivesse tateando às cegas. Eu não precisava me aproximar para saber o que era. Não queria me aproximar. Eram as raízes da árvore.

Então ouvi um grito vindo do outro lado de uma das portas da galeria. Podia ser de um animal, podia ser de uma pessoa. Fosse lá o que fosse, foi o tipo de grito que não atravessa só a espinha e os ossos, mas também o coração e a alma. O tipo de grito que contém tudo. Desespero. Medo. Raiva. Solidão. O grito permaneceu no ar muito depois de ter parado. Uma porta se abriu. Ouvi outro som. Um crepitar baixinho, como quando alguém tira um casaco muito rígido. Um casaco enorme. À luz das chamas que subiam pelo papel de parede e já alcançavam o teto, vi algo grande se mexendo na porta. Uma asa larga, fina, que lembrava couro.

Em resumo: era hora de dar o fora dali.

— Vamos!

Desci correndo os degraus da entrada.

Victor e Vanessa estavam parados, como se estivessem paralisados no lugar, encarando algo atrás de mim.

— Vamos! — repeti e me virei para ver o que eles estavam olhando.

As raízes. Estavam saindo do piso ao longo da fachada da casa e rastejando em direção aos pés dos gêmeos, finas e ondulantes como as antenas de um caracol. Mais atrás, as raízes eram grossas feito jiboias.

— Elas vão pegar vocês! — gritei. — Vão comer vocês no jantar!

Por fim os gêmeos perceberam, deram meia-volta e começaram a correr atrás de mim. Eu conseguia ouvir o som do fogo vindo de dentro da casa, mas não me virei para olhar, apenas corri o mais rápido que pude. Quando me aproximei do portão aberto, vi que ele estava se mexendo. Só podia ser o vento. Não parecia ventar, mas só podia ser isso! Com um rangido baixinho, o portão de ferro forjado foi deslizando lentamente, e no momento em que cheguei se fechou com um clique metálico. Chutei as barras de reforço, mas dessa vez o portão não abriu. Me virei e vi os gêmeos correndo na minha direção. Em outras circunstâncias, eu teria rido ao vê-los mancando e cambaleando, mas as raízes estavam prestes a alcançá-los. Forcei o puxador e segurei a grade para empurrar o portão.

Foi como se eu tivesse levado uma marretada entre as omoplatas.

Foi uma dor diferente de todas as que eu já havia sentido. Ia do alto da cabeça até os dedos dos pés, estava dentro de mim, me envolvendo, em todo lugar ao mesmo tempo. Um choque elétrico. Os volts, os watts, os amperes ou o que quer que fossem percorriam o meu corpo, e eu não conseguia sequer gritar, porque a minha mandíbula estava travada. Todos os músculos do meu corpo estavam retesados, e eu não conseguia largar o puxador; pelo contrário, parecia que estava segurando cada vez mais forte, como se estivesse tentando espremer um suco do ferro forjado preto.

— Abre isso! — gritou Victor atrás de mim.

— Rápido, está chegando! — acrescentou Vanessa.

— O idiota não quer se mexer, está parado, se tremendo todo — disse Victor.

— Empurra ele!

Apesar da dor enorme, eu estava ouvindo e pensando, só não conseguia abrir a boca para avisar. Foi quando senti as mãos de Victor agarrando os meus ombros e ouvi um gemido, depois o grito de Vanessa. Consegui virar a cabeça o suficiente para vê-los. Como eu disse, em outra situação eu teria rido. Nós três éramos parte do mesmo circuito elétrico, uma cadeia de três bonecos de pano mudos tremendo e dançando desconjuntados. Agora éramos o espetáculo, iluminados pela lua e pelo fogo que havia alcançado o telhado da casa e tingido de amarelo a parte inferior das nuvens. Estávamos vivendo um filme de terror, com as raízes se aproximando e ao mesmo tempo escutando um uivo desesperado que vinha das entranhas da floresta do Espelho, como um lobisomem fascinado pela lua.

Senti Victor puxar os meus ombros, como se estivesse tentando me soltar do portão, mas me dei conta de que era ele que estava sendo puxado por alguém. As mãos dele escorregaram dos meus ombros, e ele continuou me segurando pela camisa, mas por fim ela rasgou, ele se soltou de mim e eles começaram a berrar. Deduzi que tinham saído do circuito elétrico. Virei a cabeça para trás e os vi se debatendo enquanto eram arrastados pelo chão em direção à casa em chamas, com raízes finas enroscadas nas pernas e tentando se segurar no cascalho como bois desesperados ao serem laçados. Que destino os aguardava? Seriam comidos como Tom? Desapareceriam como o Gordão e as cigarras? Ou seriam devorados pelo fogo? Eu não sabia se o destino deles era melhor ou pior que o meu: ficar ali, preso, fritando até o meu cérebro e o meu coração explodirem, que era o que eu sentia que estava prestes a acontecer. Mas também senti outra coisa. Olhei para baixo. Vi uma raiz clara se enroscando numa perna. E logo depois veio outra, que deu uma, duas, três voltas no meu tornozelo, apertou e começou a me puxar. De início, fraco, mas depois foi ficando forte. Por fim, muito forte. Meus tênis começaram a escorregar para trás no chão de cascalho, e o meu corpo e a minha cabeça caíram para a frente. Fiquei com os braços esticados, e a mão que segurava a grade foi descendo até parar nas iniciais H. P. B. Ainda assim, continuavam firmemente agarradas, e eu não conseguia fazer nada.

As raízes me puxavam, fazendo o meu corpo esticar como se eu fosse de borracha. Eu sentia as costas latejarem, a cabeça doer e os ombros prestes a se deslocar. Para piorar, parecia que o lobisomem estava se aproximando.

Meus pés saíram do chão, e nesse instante foi como se alguém tivesse desligado um interruptor em mim. Uma caixa de fusíveis. Eu não estava mais em contato com o chão, e a eletricidade parou de percorrer o meu corpo.

Por um breve instante senti um alívio imenso.

Até lembrar que isso significava que os meus músculos não estavam mais travados.

Um segundo depois, minhas mãos cederam e soltei o portão. Caí de cara no chão e fui arrastado para trás.

Minha boca ficou cheia de terra e areia. As raízes me viraram e me deixaram de costas para o chão. Tentei arrancá-las de uma perna, mas não adiantou, ela estava presa bem firme.

Notei um objeto reluzindo no chão à minha frente e, quando passei por ele, vi que era a faca de Victor. Me estiquei para pegá-la, mas só consegui roçar um dedo na lâmina ensanguentada. Como ela não estava assim antes, imaginei que Victor havia se ferido ao tentar cortar a raiz.

Eu não conseguia mais ouvir os gritos de Victor e Vanessa nem os uivos do lobisomem que estava se aproximando.

Mas ouvia as chamas. O crepitar tinha se intensificado e se transformado num rugido cada vez mais próximo. Fechei os olhos, já sentindo o calor do inferno. Percebi que o que diziam era verdade: toda a vida passa diante dos seus olhos quando se sabe que está prestes a morrer. Era um filme curto e decepcionante, no qual eu nem sequer era o herói. Na verdade, era o vilão coadjuvante, alguém de quem ninguém sentiria falta, perdendo o papel de grande antagonista para Solvosse Jonasson. Ninguém jamais saberia que, apesar de tudo, Richard Elauved havia tentado salvar alguém, arriscado a vida por Karen Taylor. Mas, mesmo que só eu tivesse conhecimento disso, de certa forma era reconfortante saber que tinha dado o meu máximo. Era reconfortante repetir as palavras, enquanto eu era arrastado para o meu destino: "Eu. Não. Sou. Um. Lixo. Eu. Não. Sou..."

Algo atravessou o ar, e ouvi um estrondo no chão.

— O outro pé também! — disse uma voz familiar. — Rápido, elas estão voltando, estão por toda parte!

— Eu sei! — disse outra voz, ainda mais familiar.

Abri os olhos. À luz amarelada da lua e do fogo, vi a lâmina grande de um machado erguido acima de mim por uma pessoa de farda vermelha da cabeça aos pés. Outro golpe, outro estrondo. O chão parou. Quer dizer, eu parei. O homem de vermelho largou o machado e se abaixou perto de mim. Olhei para o rosto sob o capacete vermelho de bombeiro.

— Oi, pai.

Frank me encarou, surpreso.

— Consegue se levantar?

Tentei. Balancei a cabeça.

— Temos que sair daqui! — gritou alguém atrás de nós.

— Pronto? — perguntou Frank, me segurando.

— Pronto — respondi.

Frank me tirou do chão, me colocou sobre os ombros e saiu correndo para o portão. Virei a cabeça e vi o agente Dale correndo atrás de nós, além de algo no janelão central da casa. Era grande, preto e tinha asas do tamanho de velas de barco. E, em meio àquela escuridão, um brilho de dentes brancos de piranha. Ouvi um baque abafado, e, de repente, toda a criatura pegou fogo. E berrou. Um último berro que não era deste mundo.

O agente Dale olhou para trás sem parar de correr, e, quando se virou de volta para a frente, seu rosto estava totalmente pálido.

Quando chegamos ao portão, vi o caminhão dos bombeiros lá fora, ainda com as luzes azuis acesas, e entendi de onde vinha o uivo do lobisomem. Frank me fez sentar na escada de bombeiros apoiada na cerca, e quando passei para o outro lado fui recebido por mais bombeiros. Eles me deram tapinhas no ombro como se eu tivesse resgatado alguém, me ofereceram um cobertor e me ajudaram a subir no banco de trás do caminhão de bombeiro. Frank e o agente Dale entraram logo em seguida.

— Não vão apagar o fogo? — perguntei.

— Acho que é tarde demais — disse Frank. — Por sorte, a floresta ao redor está tão úmida que o incêndio não vai se alastrar na mata.

Olhei para a Casa da Noite. Estava toda em chamas, até o carvalho.

— Mas os gêmeos... — falei. — Eles foram arrastados para dentro...

— Acho que é tarde demais para eles também — disse o agente Dale, passando a mão no cabelo e balançando a cabeça.

Pelo gesto, concluí que agora ele acreditava em mim. Não só quanto ao que aconteceu com os gêmeos mas também com Tom e Jack.

— Acho que Solvosse Jonasson já era — comentei.

— Também acho, Richard — concordou o agente Dale, fazendo que sim devagar.

Trovejou forte, e a lua desapareceu atrás das nuvens que chegavam. A performance tinha acabado. E logo depois o temporal voltou.

21

AINDA CHOVIA QUANDO o agente Dale e eu entramos no Pontiac verde dele e fomos da floresta do Espelho para a casa dos Taylor. O agente Dale me explicou como tinha sido a perseguição: ele saiu sozinho do lixão com o giroflex e a sirene estridente ligados e pegou o caminho para Ballantyne, após deduzir que era para onde eu estava indo. Ficou esperando na delegacia, até ouvir o homem na torre de bombeiros gritar que estava havendo um incêndio na floresta do Espelho. Quando soube que a velha casa estava pegando fogo, entrou no carro e seguiu o caminhão dos bombeiros.

Depois, foi a minha vez de contar a minha história.

E dessa vez eu contei tudo mesmo.

Que Tom e eu entramos na floresta e eu o convenci a passar um trote. Que Jack se transformou num inseto enquanto eu o provocava, como fiquei assustado com o que aconteceu e tentei esmagá-lo. Que vi as palavras gravadas por Solvosse na parede do quartinho do reformatório e que os garotos que as leram tentaram se matar. Que atendi a uma ligação no meio da noite e ouvi uma voz, fugi do Ohlepse e vi coisas na casa quando ela começou a pegar fogo.

O agente Dale ouviu sem me interromper, apenas fazendo perguntas rápidas quando não entendia algum ponto.

— É uma baita história — comentou ele, quando terminei.

— Eu sei. Mirabolante demais para ser verdade, né?

— É — respondeu Dale, sério. — Se eu não tivesse visto o que vi hoje à noite, não teria acreditado em você. Meu problema agora é que ninguém lá no quartel-general vai acreditar em *mim*.

Paramos em frente à casa dos Taylor. Vi a luz acesa na janela do quarto de Karen, no último andar.

— Parece que o delegado já chegou — disse o agente Dale, apontando para um carro em frente ao celeiro.

Nesse exato instante, McClelland saiu correndo pela porta da casa, seguido de perto pelo pai de Karen.

O agente Dale abriu a porta do carro e, enquanto saía, perguntou:

— Oi, Conan, o que houve?

— A filha — respondeu McClelland. — Ela fugiu.

— Fugiu?

— Estava trancada — disse o pai, apontando para a janela. — Deve ter pulado.

— De lá? — disse o agente Dale. — É muito alto.

— O chão está úmido por causa da chuva, ela não deve ter se machucado — explicou McClelland. — O ponto é que ela conseguiu escapar do quarto e os pais disseram que procuraram a menina em todo canto. A gente montou um grupo de busca, eles estão se reunindo na delegacia agora.

— Richard e eu vamos com você — disse o agente Dale.

— Não! — O grito trêmulo e soluçante veio da porta da casa. Era a Sra. Taylor. — Richard Elauved *não* vai chegar perto da nossa Karen. Nada de ruim acontecia em Ballantyne antes de ele chegar e nada de ruim aconteceu depois que ele foi embora. Mantenha ele longe da minha filha! Ele é... Ele é...

Não ouvi do que ela me chamou, porque me virei para o agente Dale e disse que tínhamos que ir à biblioteca. Expliquei que precisávamos da ajuda do caminhão dos bombeiros, e o agente Dale usou o rádio da polícia para contatá-los. Eles responderam que a chuva havia apagado o fogo nos escombros da casa, então puderam partir de imediato.

— Por que aqui? — perguntou o agente Dale quando paramos em frente à biblioteca, que estava às escuras.

— Porque não basta encontrar Karen — respondi. — Temos que desprogramar ela, senão ela vai continuar tentando se machucar.

— Você está dizendo que ela foi programada como os garotos que foram trancafiados no quartinho onde Solvosse escreveu nas paredes?

— É magia das trevas. Tem livros sobre o assunto aqui. Mas, se dermos sorte, vamos encontrar não só informações sobre o veneno usado na magia como também o antídoto.

— Qual é?

— Uma conjuração de magia da luz.

Nesse instante o caminhão dos bombeiros parou ao nosso lado. Frank saltou brandindo seu machado de bombeiro e correu até a porta principal comigo e com o agente Dale, enquanto dois outros bombeiros pegavam a escada na traseira do caminhão. Frank ergueu o machado, depois o baixou de volta.

— É uma bela porta — disse. — É tão urgente a ponto de não dar tempo de esperar a Sra. Zimmer?

— É! — gritei.

Frank suspirou, ergueu o machado e estava prestes a golpear quando a porta foi aberta.

— Não! — gritou a Sra. Zimmer e espirrou alto.

Congelei e dei um berro, como se fosse eu quem estivesse prestes a ser partido ao meio.

— Frank Elauved — disse a Sra. Zimmer, olhando para a lâmina do machado parada a centímetros da cabecinha grisalha dela. — O que é isso?

— Isso — disse Frank, segurando o machado com força — é um Pulaski, o melhor machado de bombeiro do planeta. Mas por que a senhora não está em casa, na cama, Sra. Zimmer?

— Por causa das sirenes. Com esse tempo, não é a floresta que vai pegar fogo e sim os prédios. E nada queima melhor que livros. Fiquei com medo de haver um incêndio aqui.

— O fogo foi apagado — disse Frank. — Pode deixar a gente entrar?

— Não sei — disse ela, olhando para os dois bombeiros que tinham acabado de chegar com a escada. — O que vocês querem?

— Pegar uns livros emprestados — respondeu o agente Dale, enfiando a mão no paletó e tirando a carteira de couro com a estrela de metal. — Em nome da lei.

A Sra. Zimmer abriu a porta com relutância.

— Por aqui — falei assim que entramos, apontando para a parede onde as prateleiras sumiam na escuridão acima das lâmpadas acesas pela Sra. Zimmer.

— Você vai subir mesmo? — perguntou a Sra. Zimmer, parada de braços cruzados sobre o roupão verde.

— Por que não? — perguntou o agente Dale.

— Porque... — Ela fez uma careta. — Porque não é seguro hoje em dia.

— Como assim?

— Dias atrás a filha dos Taylor apareceu aqui pedindo livros sobre pesca de trutas. Tenho para mim que ela sabia que eu teria que buscar do outro lado da biblioteca, porque, quando voltei, ela e um dos meus livros tinham sumido.

— Que livro? — perguntei. Quando vi a Sra. Zimmer apertar os lábios finos, eu mesmo respondi: — O livro de magia das trevas.

— Desde então as coisas têm estado... perturbadoras por aqui — disse a Sra. Zimmer, sentindo um calafrio. — Muito farfalhar e outros sons estranhos, livros se mexendo e caindo sozinhos mesmo sem vivalma na biblioteca. É como se alguém estivesse procurando algo que desapareceu.

— Então é por isso que a senhora está aqui — disse o agente Dale. — Não foi porque ouviu as sirenes. A senhora está aqui dia e noite. Tem dormido aqui.

A Sra. Zimmer resmungou.

— Eu tenho um sofá na salinha aqui dentro. Menti porque não quero que vocês pensem que enlouqueci. Mas esta é a minha biblioteca, trabalhei aqui toda a minha vida e nunca perdi ou deixei um livro sequer no lugar errado.

— Mas foi isso que aconteceu com o livro de magia das trevas — falei.

— Que ficava ali — completou a Sra. Zimmer.

Frank acendeu a lanterna e mirou para onde a Sra. Zimmer apontava. Havia uma lacuna na fileira de livros. Fiquei com o coração na mão.

— Sumiu — disse o agente Dale, com um suspiro.

— Foi roubado — corrigiu a Sra. Zimmer.

— Então não precisamos da escada — disse Frank aos seus homens, que deram meia-volta e se dirigiram para a porta.

— Espera aí — falei. — O que é aquele livro branco, à direita do espaço vazio?

— Não é óbvio? — disse a Sra. Zimmer. — É o segundo volume, sobre magia da luz.

Acenei a cabeça para Frank.

— Rapazes! — gritou ele. — Vamos precisar da escada, sim.

O agente Dale e eu estávamos na sala de leitura folheando o *Compêndio de magia das palavras, volume II: magia da luz* sob uma luminária.

Frank e os bombeiros tinham saído para participar das buscas por Karen, e a Sra. Zimmer tinha ido ao escritório preparar um chá para a gente.

As folhas eram finas, e a letra, tão pequena que cansava a vista.

O livro explicava como desfazer maldições locais e internacionais e ensinava encantamentos gerais e específicos, fórmulas para reverter maldições, transformar pessoas que haviam sido transformadas em sapos de volta em pessoas. Havia magias para interromper tempestades, se livrar de sarna, acabar com engarrafamentos. Mas nada sobre o que eu estava procurando.

Comecei a sentir dor de cabeça e massageei as têmporas enquanto os meus olhos percorriam a página em busca de SOLVOSSE. Virei a folha e vi o número da página: 12. Eu tinha demorado vinte minutos para olhar doze páginas. Faltavam 811. Resmunguei e afastei o livro.

— Não encontrou nada? — perguntou o agente Dale.

— Vamos varar a noite aqui se a gente tiver que olhar tudo isso — falei. — E não temos muito tempo. Pode ser que... — Engoli em seco e não terminei a frase, mas percebi que o agente Dale havia entendido: "... já seja tarde demais."

Soltei um grunhido e bati a cabeça no livro aberto.

Ele deu um tapinha nas minhas costas.

— Vamos, Richard, vamos tentar de qualquer maneira. Afinal... — Ele não terminou a frase, mas eu entendi: "... é a única coisa que a gente pode fazer."

O agente Dale estava certo, mas eu estava muito, muito cansado.

— O índice.

Senti cheiro de chá, ergui a cabeça e vi que a Sra. Zimmer havia colocado uma xícara fumegante na mesa, ao meu lado.

— Hein? — perguntei.

— O índice — repetiu ela. — Se você quer achar alguma coisa específica, precisa procurar no índice. Deve estar tudo lá, em ordem alfabética. — Ela se virou para o agente Dale. — Adoro quando as coisas estão em ordem alfabética.

Me ajeitei na cadeira, abri no fim do livro e lá estava: o índice. Folheei até encontrar as entradas da letra S, então fui correndo o dedo pela página.

*S*abedoria, *s*anguinária (planta), *s*olstício... *Solvosse*. Ou, para ser mais preciso:

Solvosse... p. 214, p. 510.

Abri a página 214 e procurei até encontrar a palavra.

SOLVOSSE é um feitiço de magia das trevas que faz a pessoa sob seu efeito acreditar que é idêntica a quem o lançou. Lê-se: SOU VOCÊ. Quando pronunciado, a pessoa amaldiçoada começará a agir como um robô irracional e tentará se esconder num lugar que só ela conhece. Então, buscará a confirmação de que na verdade ela é a pessoa que lançou o feitiço, realizando uma ação que a assemelhe a quem lançou o feitiço. Essa ação costuma ser pré-programada por quem lançou o feitiço.

Era só isso. Abri a página 510, passei os olhos e encontrei!

SOWEL é o contrafeitiço de SOLVOSSE, ver: feitiços, reversão de. O contrafeitiço só pode ser usado quando o enfeitiçado acredita que é o feiticeiro. É preciso fazer com que o enfeitiçado diga, por vontade própria SOU EU. Essa é a única forma de desfazer o feitiço SOU VOCÊ.

Notei que o agente Dale estava lendo por cima do meu ombro.

— Obrigado pelo chá, Sra. Zimmer — falei, já me levantando.

Quando entramos no carro, o agente Dale pegou o fone do rádio da polícia instalado no painel.

— Aqui é o agente Dale. Alguma notícia de Karen Taylor? Câmbio.

O rádio estalou por alguns instantes, então ouvimos a voz de McClelland.

— Nada até agora. Uma pessoa acha que viu a garota correndo em direção à escola, mas o lugar está trancado e não encontramos nada fora do normal. No momento estamos batendo de porta em porta.

— Já foram na casa de Oscar Jr.? — perguntei.

— Acabamos de passar por lá — disse McClelland. — Ele não viu Karen e não tem ideia de onde possa estar.

— Assim que souber de alguma coisa, avise — pediu o agente Dale.

— Pode deixar.

— Obrigado. Câmbio e desligo.

O agente Dale colocou o fone de volta no lugar. Olhei fixo pela janela. Tinha parado de chover de novo, era como se alguém estivesse abrindo e fechando a torneira lá em cima para se divertir.

— Talvez ela esteja escondida num porão qualquer — disse Dale. — Em algum lugar que só ela conhece.

Tentei pensar num lugar assim. Um porão muito escuro. Ou...

Enquanto eu olhava para o rádio mudo, de repente a lua decidiu voltar a brilhar sobre nós. Talvez fosse como vigiar uma panela quando se está morrendo de fome e sem paciência: ela não ferve enquanto você está olhando. Então, olhei para o céu. As nuvens tinham se espalhado, e as estrelas brilhavam entre elas.

Porão. Sala de estar. Ou sótão. Ou...

Uma das nuvens parecia o Chewbacca, o cara peludo do... Não, não é um cara, é um wookiee.

— Já sei! — gritei.

O agente Dale tomou um susto.

— Sabe o quê?

— Onde ela está! Vamos!

Peguei o giroflex azul do compartimento na porta, coloquei o corpo para fora da janela e o prendi no teto.

22

Tentei abrir a porta principal da escola.

— Trancada — falei, encostando o rosto no vidro fosco na lateral. Do lado de dentro, tudo escuro, nenhum movimento.

— Sai da frente, eu dou um jeito nisso — disse o agente Dale.

Ele jogou a aba do paletó para o lado e sacou a pistola. Tapei os ouvidos. Ele segurou a arma pelo cano, quebrou o vidro com uma coronhada, enfiou a mão pelo buraco e destrancou a porta por dentro.

— Eu pensei que você ia... — comecei.

— Eu sei o que você pensou — disse ele. — Isso só funciona nos filmes.

Disparamos pelo corredor e subimos a escada.

Cheguei ofegante à porta que dava para o terraço. Com cuidado, forcei a maçaneta para baixo. Não havia vidro para quebrar ali.

— *Só* um tirinho?

Dale suspirou e jogou a aba do paletó para o lado de novo, mas dessa vez sacou algo muito menor que uma pistola, mais do tamanho de um clipe de papel.

— Sai da frente.

Ele enfiou a ponta do objeto na fechadura e começou a girar. Parecia bastante concentrado, com a ponta da língua aparecendo no canto da boca.

— Só nos filmes, certo? — sussurrei.

— Só nos filmes.

A fechadura fez um clique baixo e ele empurrou a porta com cuidado. Prendemos a respiração. O único som que ouvíamos era o murmúrio de uma voz de garota.

— Espera aqui — sussurrei.

Escancarei a porta, atravessei a soleira alta e cheguei ao terraço. As últimas nuvens se abriram no céu, e as estrelas brilhavam como joias no feltro preto acima de nós. A noite estava linda. Karen também estava linda, mesmo de cabelo molhado e grudado no rosto e com a camisola enlameada. Estava em pé na borda de latão do terraço, de frente para mim e de costas para o pátio da escola lá embaixo. Não parecia ter percebido minha presença, estava de olhos fechados e rosto virado para o céu, como se estivesse tomando sol, mas os lábios se mexiam. Andei bem devagar em sua direção e, quando cheguei perto, ouvi as palavras que repetia:

— SOU VOCÊ, SOU VOCÊ, SOU...

Umedeci os lábios e comecei a sussurrar:

— SOU EU, SOU EU, SOU EU...

Quando estava a três metros de Karen, de repente ela abriu os olhos como um robô que acaba de ser ligado. Parei para não assustá-la e fazê-la cair. Ela olhou nos meus olhos. Era Karen, mas a garota que eu conhecia não estava lá. Ou melhor, estava, sim, por trás daquele olhar vazio, mas não estava sozinha.

— Oi, Karen. Sou eu, Richard.

— Richard — repetiu ela, num tom de quem não consegue encontrar as palavras. — Quer me ver voar?

— Não. Você não sabe voar. Repete comigo: SOU EU.

— SOU... — começou Karen, mas parou. Rangeu os dentes. Contraiu os músculos da mandíbula e me encarou com uma expressão desesperada. Vi sua boca se mexendo para pronunciar a palavra "EU", mas era como se uma mão invisível a retorcesse para fazê-la dizer "VOCÊ". Dei um pequeno passo à frente, mas parei de repente quando ela reagiu dando um passo atrás, se aproximando ainda mais da borda. Só então percebi que ela estava descalça — a lama e o sangue nos pés faziam parecer que estava calçada.

— SOU EU — repeti.

Ela fez que sim como se entendesse. Seu corpo tremia como se todos os músculos estivessem tensos.

— Vamos — sussurrei. — Vamos, Karen, você consegue.

— SOU... — começou ela, e as veias do pescoço saltaram quando ela falou: — VOCÊÊÊ...

— Ele já era! — gritei. — Morreu queimado!

Mas não adiantava, ele estava dentro de Karen, como um parasita. Dava para ver o desespero no rosto dela, as lágrimas que começavam a cair. Percebi que ela simplesmente não conseguia dizer. Ela deu outro passo para trás, e os calcanhares ensanguentados ficaram para fora da borda.

— Karen, eu não quero te perder. Está me ouvindo?

Ela me olhou com tristeza, como se pedisse permissão para o que estava prestes a fazer. Fechei os olhos, duas lágrimas caíram, então sussurrei as três palavras que eu já havia lido e ouvido tantas vezes, mas nunca tinha pronunciado e nas quais nunca havia acreditado. Pelo menos não até aquele momento, quando eu as disse devagar, em alto e bom som.

— Eu te amo.

Era uma despedida. As últimas palavras que ela ouviria. Mas ela ainda não havia caído. E nesse instante alguma coisa aconteceu com o rosto dela. Foi como se algo tivesse se quebrado. Ela me olhou com uma expressão incrédula.

— EU — começou ela, inclinando-se para a frente, na minha direção — SOU... EU...

Tive a impressão de ouvir uma voz sussurrando "Shhh", como se mandasse que ela calasse a boca, mas percebi que era o som dos pés ensanguentados escorregando na borda de latão. Mal tive tempo de dar meio passo à frente antes que Karen desaparecesse, tragada pela escuridão.

Ela caiu sem fazer barulho.

Fiquei petrificado, olhando para a frente.

Ouvi apenas um leve baque quando o corpo dela bateu no pátio.

Tive a estranha sensação de já ter estado ali antes, de já ter vivenciado aquele exato momento. Meus olhos encontraram a lua, grande e pálida no leste, acima da copa das árvores. Ouvi o agente Dale andando no terraço atrás de mim. Nos aproximamos juntos da beirada, nos inclinamos e olhamos para o pátio da escola. Vi a luz azul do caminhão dos bombeiros estacionado. Vi a grande lona redonda dos bombeiros, segurada por seis homens, entre eles Frank. E, no meio da lona, ainda balançando, vi Karen deitada de costas, olhando para o céu. Talvez estivesse procurando nuvens, talvez estivesse procurando estrelas. Mas achei — e ainda acho — que ela estava me procurando.

23

Recebi permissão para entrar no quarto de Karen, mas a enfermeira avisou que eu só podia permanecer por cinco minutos. Explicou que a paciente precisava descansar.

Era fim de tarde, e quase vinte e quatro horas tinham se passado desde o incêndio e a queda do terraço.

— Que flores lindas — comentou ela.

Coloquei o buquê na mesinha de cabeceira e notei que o meu era muito menor que os outros que ela havia recebido.

— Ouvi dizer que você me salvou — disse ela.

— Que nada, quem salvou você foram os bombeiros que seguraram a lona.

— Mas me disseram que foi você que disse para eles se posicionarem ali.

— Pode ser.

— "Pode ser"? Foi ou não foi?

Eu apenas sorri.

— Me responde, seu bobo! — Karen se sentou na cama. Parecia que estava voltando a ser a mesma pessoa de antes. — Sabe, não consigo me lembrar de nada.

— Ouvi dizer de uma pessoa que teve a mesma... digamos... doença no Ohlepse e pulou do terraço, então imaginei que você poderia fazer a mesma coisa.

— Mas o que eu não entendo é como você sabia que eu estaria no terraço da escola.

— No livro de magia da luz diz que a pessoa se esconderia num lugar que só ela conhece.

— Só eu. — Ela sorriu. — E você.

Ficamos em silêncio e observamos a paisagem pela janela aberta. Ouvimos o canto dos grilos, o zumbido das abelhas, o canto das cotovias.

— Você precisa voltar para o Ohlepse? — perguntou ela.

— Não. O agente Dale conversou com o diretor-geral do reformatório, com McClelland e com o diretor da escola. Volto para a escola na segunda.

— Que ótimo!

Ficamos em silêncio outra vez. E ali não tive dúvida: Karen era a melhor companhia do mundo para ficar em silêncio. Eu queria que aqueles cinco minutos durassem para sempre.

— Aliás, você sabe no que deu o incêndio? — perguntou ela.

— A casa quase inteira pegou fogo. Só não foi toda por causa da chuva.

— Espero que ninguém tenha se ferido.

— Eu também.

O agente Dale havia me contado que não foram encontrados restos mortais no local e pediu que eu guardasse segredo sobre o que tinha acontecido com os gêmeos, até que fosse feita alguma descoberta. Segundo ele, era para não assustar a população de Ballantyne mais do que o estritamente necessário. O carvalho também tinha morrido, e o agente Dale disse que queriam cavar as raízes para ver o que encontravam.

— Você não se lembra de nada mesmo? — perguntei. — Nada do que eu falei no terraço, por exemplo?

— Como o quê? — Karen abriu um sorriso inocente.

— Nada de mais.

— Não me lembro de nada — disse ela, então pegou o meu buquê e o cheirou. — Mas eu... eu acho que sonhei com uma coisa.

— O quê?

— Nada — respondeu ela com o rosto tapado pelas flores, e não consegui ver se estava sorrindo ou não. Respirei fundo. Era agora ou nunca.

— Quando você sair daqui... — Tive que fazer uma pausa e respirar fundo de novo.

— Sim?

— Quer ir ao cinema comigo?

— Ao cinema?

— Para ver um remake de *A noite dos mortos-vivos*. Vai passar em Hume semana que vem. Frank vai me ensinar a dirigir.

— Hum. Acha que vai ser tão bom quanto o original?

— Não.

Ela riu.

— Mais assustador, talvez?

— Talvez. Mas se ficar assustador demais para você eu posso segurar a sua mão.

Ela me encarou, pensativa.

— Pode?

— Posso.

— E pode me mostrar como vai fazer, se precisar?

— Segurar a sua mão?

— É.

— Agora?

— Agora.

PARTE DOIS

24

Afastei o celular do rosto e semicerrei os olhos para ler o texto na tela.

É o que acontece quando se esquece os óculos de leitura em casa.

Desisti e fiz o que os alto-falantes do avião tinham acabado de pedir: desliguei o celular. Não que precisasse reler a mensagem, porque já a sabia de cor.

> *Oi, Richard. Fiquei muito feliz de saber que você aceitou o convite! Vai ser ótimo revê-lo e saber de tudo que aconteceu com você ao longo desses anos, porque tenho certeza de que novidades não faltam para você me contar! Abraços, Karen*

O avião atravessou as nuvens. Da janela do meu assento na classe executiva, observei a paisagem plana, avermelhada e outonal da floresta que sobrevoávamos. A visão me fez lembrar de como eu me sentia quando passava os intervalos da escola no terraço com Karen, contemplando Ballantyne. Quinze anos se passaram desde então. Qual era a aparência dela agora? Foi a primeira coisa que pensei quando recebi o convite para a festa de reunião da turma do ensino médio. Eu poderia ter tentado encontrar a resposta nas redes sociais, mas preferi não fazer isso. Por que não? Porque eu não queria correr o risco de ver fotos de uma família feliz, dela com Oscar e um casal de filhos lindos? Ou porque eu poderia me permitir pensar nela se precisasse, mas buscá-la na internet seria a prova cabal de que a voz na minha cabeça que me acusava de não conseguir esquecer Karen Taylor tinha razão? Bem, ali estava eu, num avião vindo da cidade grande, e isso era prova suficiente. É verdade que eu tinha aceitado o convite por outros motivos, como rever todos os lugares que me inspiraram a escrever *A Casa da Noite*, o thriller infantojuvenil que mudou a minha vida e havia acabado de ter os direitos adquiridos por um estúdio cinematográfico. Além do mais, era uma oportunidade de ver Frank e Jenny, que sempre me visitavam na cidade. E também, claro, era uma chance de vingança: ver o respeito — e, com sorte, até a inveja — nos olhos de Oscar e dos outros ao cumprimentarem Richard Hansen, o célebre autor de livros infantojuvenis. É isso, eu sou superficial. Mas talvez a viagem pudesse me ajudar a amadurecer um pouco. Essa era a razão mais importante da minha volta... além de rever Karen. Eu queria me desculpar. Me desculpar por ter cometido bullying, por ter sido cruel e pisado na cabeça de todo mundo da minha turma que estava abaixo de mim na hierarquia.

Quando o comandante anunciou que em breve pousaríamos no aeroporto de Hume, coloquei o cinto de segurança. Houve muita turbulência no último trecho do voo, mas tivemos sorte: a previsão era de mais vento, chuva e trovoada para o fim do dia.

Andando pelo saguão de desembarque, vi um quiosque de livros e dei uma olhada no expositor giratório. Tinha se tornado um hábito: quando eu não via o meu livro de cara, girava o suporte e lá estava ele. O título, *A Casa da Noite*, tinha uma fonte verde gótica, uma homenagem à história em quadrinhos do Monstro do Pântano. A ilustração da capa tinha o mesmo estilo e mostrava um menino aterrorizado tentando se libertar de um telefone que já havia engolido o braço dele até o cotovelo. Peguei uma caneta, abri o livro na primeira página e li a primeira linha.

— *V-v-v-você está maluco — disse Tom, e percebi que ele estava assustado, porque gaguejou uma vez a mais que de costume.*

Autografei o livro e o devolvi ao expositor.

Quando o táxi estacionou diante da casa, Frank estava parado à porta, sorrindo e fumando um cachimbo. Enquanto eu pagava o taxista, ouvi-o chamar Jenny, e quando saí do carro ela estava nos degraus de pedra, de braços abertos, enquanto Frank continuava parado à porta, como se precisasse de alguém para ficar de olho em tudo. Me deixei envolver pelo abraço intenso e carinhoso de Jenny, depois pelo abraço mais duro e mais superficial, porém firme, de Frank.

Entramos na sala de estar e nos sentamos — Frank e Jenny no sofá, e eu de frente para eles, na poltrona, o lugar de honra. Tomamos chá enquanto eu perguntava como andavam as coisas por ali, mas eles responderam que não tinham muitas novidades e queriam saber das minhas. E eu falei, sobretudo do que sabia que eles gostavam de ouvir: o sucesso do livro, minha vida na cidade grande, o jantar que tive com um famoso cineasta que queria fazer uma adaptação de *A Casa da Noite*.

— Quem é esse diretor? — perguntou Frank.

Citei alguns dos filmes dele, e Frank bufou e acenou a cabeça sorridente, como se os conhecesse, enquanto Jenny fez cara de paisagem.

— Encontrei Alfred ontem — disse ela. — Ele perguntou de você.

— *Todo mundo* sempre pergunta de você — acrescentou Frank, animado.

— É, a gente acompanha tudo que você faz — acrescentou Jenny. — Você realmente colocou Ballantyne no mapa.

Não me dei ao trabalho de apontar que isso devia ser exagero, que não é preciso ser um simples escritor para ser famoso, basta participar de um reality show. Mas esse comentário seria um golpe baixo — que eu havia usado em muitas entrevistas — e não cairia bem ali.

— É bom que as pessoas pensem assim — falei. — Mas ouso dizer que existe um limite para o tamanho do sucesso que você quer que o vizinho tenha, tanto aqui quanto em qualquer outro lugar. Sobretudo se o seu vizinho foi um babaca na escola.

Jenny me encarou sem entender e olhou para Frank, que encolheu os ombros. Eles provavelmente não sabiam — ou não queriam saber — que seu menino de ouro era quase igual ao protagonista cretino de *A Casa da Noite*.

— Bom... enfim — disse Jenny, querendo mudar de assunto. — Não é hora de você conhecer uma garota legal, então?

Abri um sorriso sem jeito e tomei um gole do chá.

— É claro que ele conhece garotas — disse Frank, batendo o dedo no cachimbo. — Mas ele é uma celebridade, não precisa se contentar com a primeira que aparece.

— Como eu fiz com você? — disse Jenny e deu um tapinha no ombro dele.

Frank deu uma risada e pôs o braço sobre os ombros dela.

— Nem todo mundo acerta em cheio de primeira, sabia?

Sorri para os dois, coloquei a xícara na mesa, olhei o relógio e apontei para indicar que era melhor subir e me trocar.

— Claro, você precisa se preparar para a festa — disse Jenny.

— A menos que precise escrever. — Frank riu. — Ele vivia escrevendo.

— Pois é, lembra? — disse Jenny, inclinando a cabeça, de olhos marejados. — Mesmo nos sábados à noite, quando eu e Frank ficávamos comendo besteira vendo TV, você ficava lá em cima escrevendo sem parar. A gente tinha medo dos filmes que via, mas não fazia ideia das coisas horríveis que a sua imaginação criava aqui no andar de cima.

— Já pensei nisso — disse Frank, balançando a cabeça como se concordasse de antemão com a conclusão a que chegaria. — Você veio da cidade grande para cá naquela época e deve ter morrido de tédio. Como não acontecia absolutamente nada aqui em Ballantyne, você precisou criar um lugar onde as coisas mais incríveis e fantásticas pudessem acontecer. Telefones comedores de gente e... — Ele fez uma pausa para respirar, parecia sem fôlego.

— Árvores com raízes que agarram você, fora o pobre Jack, que foi transformado num besouro — logo acrescentou Jenny. — O que Jack diz sobre isso agora? E além de tudo você usou os *nossos* nomes!

— Pois é, mas não o sobrenome — disse Frank, como se quisesse provar que não havia perdido o fio da meada. — E você me transformou, um simples instrutor de direção, em comandante do corpo de bombeiros. Gostei dessa.

— Falando nisso, venho pensando numa coisa — disse Jenny. — Elauved. De onde você tirou esse sobrenome?

Respirei fundo. Tinha chegado o momento que eu tanto esperava, em que finalmente poderia contar a eles.

— Richard Elauved — falei — é um jogo de palavras com "*Rich are the loved*". Quer dizer "ricos são os amados". Escolhi esse sobrenome em homenagem a vocês. Vocês me acolheram e me amaram como um filho de verdade. Vocês me fizeram ser mais rico do que qualquer milionário poderia ter feito.

Bem, foi isso que pensei ter dito, mas, quando vi a cara de expectativa deles, percebi que na verdade não tinha dito. Por que era tão difícil?

— Só me ocorreu — respondi, e não era de todo mentira.

Corri os olhos pela sala de estar. Tinha uma foto ao lado da lareira: um pássaro sobrevoando uma floresta. Talvez tenha estado ali durante todos os anos em que morei naquela casa, mas não conseguia me lembrar dela. Não sei quando essas lacunas surgiram na minha memória.

Me levantei.

— A janta fica pronta em meia hora — avisou Jenny. — Lasanha. — Ela piscou para mim. — Se quiser tomar banho, tem uma toalha na sua cama.

Agradeci e subi. Quando cheguei à porta do quarto, parei por um segundo e escutei o silêncio feliz vindo de dentro e a conversa fiada e os ruídos reconfortantes vindos da cozinha. Por que eu era capaz de declarar o meu amor a pessoas com quem não me importava, mas não às que amava de verdade? Não sei. Não sei mesmo. Talvez eu esteja pior do que imaginava.

Empurrei a porta. Nada havia mudado, o quarto parecia um museu dedicado a Richard Hansen. Ou talvez a Richard Elauved. Como sempre, olhei automaticamente para as tábuas do assoalho sob a janela para ver se havia uma cigarra com os olhos vermelhos do Gordão me encarando.

25

Eram sete e dez da noite, e quando entrei na sala de aula já estava escuro lá fora.

Foi como sair de uma máquina do tempo. Todos os rostos das pessoas sentadas nas carteiras se viraram para mim, assim como o da Srta. Trino, que estava em frente ao quadro de giz segurando um bastão de apontar. A única diferença em relação a quinze anos antes era que alguém havia colocado umas linhas no rosto de todo mundo, distribuído alguns quilinhos entre eles e aumentado a testa dos garotos. Alguns que usavam óculos não estavam usando e vice-versa, provavelmente porque uma parte não queria usar no evento e outra não precisava mais usar porque tinha feito cirurgia a laser ou estava com lentes de contato.

— Sempre atrasado, Richard — disse a Srta. Trino, fingindo um tom de bronca.

A turma riu com uma intensidade que me fez suspeitar que havia certa tensão, mas devia ser assim em toda reunião desse tipo. Olhei em volta enquanto respondia alegremente que sentia muito, que estava a caminho mas tive que voltar em casa quando percebi que tinha esquecido o dever de matemática, e *aí* o pneu da bicicleta furou. Isso rendeu ainda mais risadas.

Todos estavam com copos e taças de uma bebida com gás. Reconheci muitos rostos, mas também vi alguns que sinto que havia esquecido completamente. Uma mistura de memória seletiva e o fato de que certos indivíduos conseguem passar pela vida de outros sem causar nenhuma impressão. De qualquer forma, não vi quem procurava.

Karen.

Até chegar ao fundo da sala.

Primeiro vi Oscar. Havia engordado, mas ainda tinha cabelo. Sorriu para mim com os dentes tão brancos quanto os da adolescência e fez sinal de positivo.

Karen estava sentada na carteira ao lado da dele. Eu não sabia o que esperar. Quer dizer, na verdade sabia, sim. Estava torcendo para ela ter relaxado, perdido o brilho, o charme, aquela aura irresistível que talvez tivesse origem no simples fato de ela saber que era irresistível, pelo menos para certo tipo de garoto. Estava torcendo para chegar a Ballantyne, comprovar o que vinha imaginando e rir do fato de que a *minha* Karen Taylor não existia mais, era só uma lembrança nostálgica arrancada do pedestal. Também queria me divertir um pouco ali com memórias leves e voltar para casa como um homem livre desse sonho que, na verdade, foi um pesadelo e me custou tanto tempo e energia.

Mas é claro que não foi o que aconteceu.

Karen era exatamente a mesma pessoa. As únicas diferenças eram os traços do rosto mais marcantes e as curvas do corpo mais acentuadas. Ela sorriu para mim como se eu fosse a única pessoa no mundo e gesticulou para a carteira desocupada ao lado com autoconfiança. Senti o coração bater com um prazer autêntico. Que droga.

Assim que me sentei ela se inclinou para perto, segurou o meu braço e sussurrou:

— Safado! Estava começando a achar que você não vinha!

— Só estou mantendo o personagem — sussurrei, peguei a taça cheia à minha frente e brindei com ela.

Foi como se as bolhas de champanhe tivessem subido direto para o meu cérebro. Lembrei que não tinha comido muita lasanha e que era melhor ir devagar para não ficar bêbado rápido demais.

— Atenção, crianças! — repreendeu a Srta. Trino, bem-humorada.

Claro que ela não se chamava Srta. Trino — esse foi só o nome que dei a ela no livro —, mas eu não conseguia lembrar qual era o nome verdadeiro.

Por um instante, meu olhar se encontrou com o olhar levemente curioso de Oscar antes de ele se virar de frente para a professora, que estava falando das mudanças que haviam ocorrido na escola desde a nossa época: as várias reformas, os novos blocos, as mudanças de diretor e outros fatos entediantes.

Depois da "aula" nos reunimos no ginásio, que estava decorado como se fosse um baile de formatura. Uma garota da comissão de festas estava em pé diante de uma mesa de som enfeitada com balões, explicando em voz alta os planos para o restante da noite. Vi Oscar e Karen na minha frente. Ele estava com o braço nos ombros dela, e ela, apoiando a cabeça no pescoço dele.

— Parabéns pelo sucesso, Richard — sussurrou uma voz.

Quando me virei, vi um rosto que não reconheci. Era um homem muito bonito, de ombros largos e esbelto. Na verdade, lembrava a imagem que eu tinha do agente Dale no livro.

— Obrigado — falei e o observei mais de perto. A voz era familiar. Foi quando me dei conta: seria possível? — Gordão? — perguntei, deixando escapar.

Ele deu uma risada sem parecer nada ofendido.

— Já faz muito tempo que não ouço esse apelido, mas sim, sou eu, o Gordão.

Não só a gordura tinha desaparecido como também os óculos, e notei que, por baixo do terno justo, ele era musculoso.

— Jack! — exclamei, me corrigindo. — Foi mal, eu estava tão... O que você tem feito?

— Dança. Na sua cidade.

— Você é dançarino?

— Era. Fiz academia de balé. Agora sou coreógrafo de outros dançarinos. É mais cômodo e... bom, paga muito melhor, pelo menos se você tem nome.

— E você tem?

— Não tanto quanto você, Richard. Mas estou bem.

— Família? Filhos?

— Tenho marido, mas ainda sem filhos. E você?

Balancei a cabeça.

— Nenhum dos dois.

— Então você é a exceção. As pessoas aqui estão se casando e tendo filho sem parar... — Ele acenou com a cabeça para Karen e Oscar. — Três filhos. E a maior casa de Ballantyne. Ele comprou o imóvel, demoliu e reconstruiu do zero. Garanto que vai convidar todo mundo para um pós-festa para poder se exibir. E...

Não consegui mais ouvi-lo quando o volume da música aumentou e a turma começou a aplaudir e gritar. Era um hit que eu odiava na época da escola, mas que, ouvindo agora, parecia ótimo. Uma garota se aproximou de nós e, sem dizer uma palavra, puxou Jack para o que rapidamente havia se tornado uma pista de dança cheia de gente pulando e dançando na maior animação. No caos, perdi Karen de vista, até que ela apareceu ao meu lado.

— Caramba, olha Jack dançando! — gritou ela para se fazer ouvir por cima da música enquanto assistíamos às acrobacias dele. — E Richard? Continua sem dançar?

Balancei a cabeça. Ela se inclinou para falar no meu ouvido sem ter que gritar, e senti sua franja de corte infantil roçar na minha bochecha.

— Vamos sair daqui?

— Como assim? — perguntei, sem me mexer.

— Finge que é o intervalo do almoço. Vamos dar o fora daqui por um tempo e deixar os idiotas se divertirem.

Karen balançou uma chave velha e familiar diante do meu rosto e deu aquela risada louca e contagiante de sempre.

O ar fresco do outono atingiu o meu rosto quando colocamos o pé no terraço.

Fomos até a beirada e olhamos para o pátio.

O vento agitava a franja dela. Ao sul, na direção de Hume, raios brilhavam sob as nuvens.

— Espero que dê tudo certo no pouso dele — disse Karen.

— De quem?

— De Tom. Já deveria ter chegado, mas o avião deve estar sobrevoando Hume por causa do mau tempo.

Fiz que sim com a cabeça. Parecia que a tempestade estava se aproximando de Ballantyne.

Karen ergueu a taça de champanhe que tinha acabado de encher.

— Aqui estamos de novo. Quantas confidências nós fizemos aqui em cima?

"Eu fiz", pensei. Era eu que fazia as confidências, você só perguntava e escutava.

— Mesmo assim, nunca compartilhei o meu maior segredo com você — falei, brindando novamente com ela.

Bebemos, e Karen ficou em silêncio e olhou para a escuridão. Era a vez dela de falar, e ela sabia disso.

— Está falando do que aconteceu com os seus pais? — perguntou ela, por fim.

Não respondi. Percebi que ela havia escapado da minha armadilha. E que talvez fosse melhor para nós dois.

— Você sempre disse que não se lembrava de nada a respeito deles — continuou. — Pode me dizer o que aconteceu agora?

Refleti sobre a pergunta.

— Não sei — respondi.

— Me conta o que você lembra — pediu ela, colocando o casaco na manta asfáltica do terraço, perto da chaminé. Ela se sentou e fez um gesto para eu me sentar também. Me sentei ao lado dela e me encostei na chaminé. Estávamos tão próximos que a calça do meu terno roçava no vestido dela.

— Morreram num incêndio — falei.

— Que tipo de incêndio?

— Um incêndio criminoso. No apartamento onde a gente morava.

— Quem provocou?

Engoli em seco. Minha boca estava tão seca que não consegui emitir nenhum som. O barulho de um trovão distante chegou a nós.

— Você? — perguntou ela, pisando em ovos.

— Não. Meu pai. — Soltei o ar dos pulmões.

— Por que você acha que ele fez isso?

— Porque estava doente. E a minha mãe o expulsou do apartamento quando ele começou a ficar violento.

— Então ele foi expulso, voltou e botou fogo no apartamento, mas acabou se matando no incêndio?

— Isso. Enquanto a gente dormia, ele invadiu o apartamento e ateou fogo em tudo.

— E isso aconteceu do nada?

— Não. Quer dizer, sim. Ele costumava ligar.

— Para a sua mãe?

— É. Em geral à noite. No fim, ela parou de atender. Então, às vezes, eu saía escondido e atendia.

— Por quê?

— Porque... Sei lá. Porque queria que o telefone parasse de tocar. Porque queria que ele parasse de assustar a gente. Porque... queria ouvir a voz dele.

— Ouvir a voz dele?

— Ele era o meu pai. Ele também estava sofrendo.

— O que ele dizia?

Fechei os olhos. Foi um pouco parecido com quando eu escrevia: imagens, sons, cenas vieram à minha mente. Eu não sabia ao certo se elas de fato haviam acontecido ou se eram fruto da minha imaginação, mas pareciam tão reais quanto Karen e eu sentados ali naquele momento.

— Ele dizia que ela iria queimar, que a mulher que eu amava iria queimar e que eu não podia fazer nada. Porque eu era pequeno, fraco e covarde. Porque eu era igual a ele, eu era... — fiquei sem fôlego — ... um lixo. E ele me mandava repetir: "Diz que você é um lixo, senão eu mato a sua mãe."

— E você dizia?

Abri a boca para responder que sim, mas não saiu nenhum som. Era como se eu fosse outra pessoa, e não eu mesmo, como se o meu corpo e a minha voz fossem fruto da imaginação de um escritor imparcial que estava apenas cuspindo a primeira coisa que surgia na mente. Ao mesmo tempo, eu sabia que cada palavra era verdadeira, que tinha acontecido exatamente assim. Fiz que sim com a cabeça, então senti um líquido morno escorrer pela minha bochecha e me virei de lado. Pelo jeito, eu tinha tomado aquele champanhe um pouco rápido demais mesmo.

Karen pôs a mão no meu ombro.

— E mesmo assim ele matou a sua mãe?

Sequei a lágrima.

— Ele tinha diagnóstico de esquizofrenia. Deveria estar internado. Aliás, *estava* internado, numa ala de segurança. Cheguei a fazer uma visita. O hospital psiquiátrico ficava no meio do nada e era rodeado por uma cerca alta. Se chamava Ohlepse. Mas um dia deixaram que ele saísse e não nos avisaram. Três dias depois, ele pôs fogo na nossa casa.

— Como você sobreviveu?

— Eu pulei.

— Pulou?

— Acordei com o fogo no meu quarto. Corri para a janela. O apartamento era no nono andar, e quando olhei para baixo vi os caminhões dos bombeiros na rua. Eles abriram uma lona e gritaram para eu pular. Então pulei. Sem antes perguntar se eles tinham resgatado a minha mãe. Eu poderia ter salvado a vida dela, afinal já tinha 13 anos.

— Se o fogo já estava no seu quarto, não havia nada que você pudesse fazer.

— Nunca vou saber.

— Ai, Richard... — disse ela e pôs a mão na minha bochecha.

Caí em prantos. Chorei muito, parecia ter cãibra em cada músculo do corpo, não conseguia parar de tremer. Foi como no livro, quando fiquei agarrado na cerca elétrica. Também tinha uma vaga lembrança de algo que não consegui captar plenamente.

Karen me abraçou. A dor se foi. Era como se alguém tivesse aberto a tampa de um bueiro e todo o lixo enfim estivesse indo embora. Só me soltou quando parei de chorar de soluçar.

— Toma — disse ela.

Peguei o que ela estava oferecendo e dei risada.

— Que foi?

— Só uma mãe andaria com lenços de papel mesmo usando vestido de festa.

Assoei e limpei o nariz.

— Mãe? — disse ela.

— Você e Oscar. Me disseram que vocês têm três filhos e moram numa casa ridiculamente grande.

Karen me encarou incrédula. Então começou a rir também, e foi a minha vez de perguntar o que era.

— É verdade que Oscar tem três filhos — disse ela. — E sim, tem uma casa enorme também. Mas eu não tenho filhos nem casa.

— Não?

— Oscar e eu terminamos logo depois do ensino médio, logo depois... bom, logo depois que você foi embora.

— Entendi. Por quê?

Ela encolheu os ombros.

— Eu estava indo estudar medicina no sul, ele estava trabalhando no negócio do pai aqui. Mas, independentemente disso, eu sabia que não éramos feitos um para o outro.

— Se sabia, por que ficaram juntos tanto tempo?

— Sabe de uma coisa? — disse Karen, me encarando, embora parecesse estar olhando para dentro de si mesma. — Eu mesma já me fiz essa pergunta várias vezes. Talvez tenha sido porque todo mundo achava que Oscar Jr. e eu formávamos um casal perfeito. Até a minha mãe ficou surpresa quando eu disse que queria terminar.

— E Oscar? Como reagiu?

Ela balançou a cabeça.

— Mais ou menos.

— Parece que ele ainda gosta de você.

— E eu dele. Oscar é o garoto mais fofo do mundo.

— Vocês ainda se veem?

Ela balançou a cabeça.

— Ele entra em contato, e eu tenho que...

Ela fez um gesto de desdém, como se fosse óbvio, mas mesmo assim perguntei:

— Tem que...?

Ela esboçou um sorriso.

— Apaziguar as coisas — respondeu.

Eu estava prestes a perguntar por quem ela estava fazendo isso — por Oscar, por si mesma ou por ambos —, quando fomos interrompidos por um grito vindo do pátio.

— Karen! Richard! A gente sabe que vocês estão aí em cima!

Olhamos por sobre a borda. Era Oscar, claro.

— Vamos fazer o círculo agora — acrescentou. — Todo mundo tem que participar!

O círculo nada mais era que um círculo mesmo, com todos sentados em cadeiras no ginásio, revezando-se para contar o que tinham feito durante os últimos quinze anos. Cada um tinha direito a três minutos. Algumas pessoas falaram em trinta segundos, e ninguém interrompia quem estourava o tempo. A maioria falou sobre a família e o que fazia no tempo livre, e não sobre a carreira. À exceção de Oscar, que contou tintim por tintim como iam os negócios e só mencionou por alto que era casado e tinha três filhos. Jack fez todo mundo cair na gargalhada com um relato autodepreciativo sobre o garoto que adorava dançar diante do espelho vestido como a garota de *Dirty Dancing*, mas só foi descobrir que era gay quando uma tia abriu seus olhos. Em seguida foi a vez de Karen. Para a minha surpresa — ou talvez alívio —, ela não revelou muita coisa, exceto que morava no sul, onde tinha se formado em psiquiatria, trabalhava demais, estava solteira e dividia uma casa no litoral com duas colegas de trabalho.

Notei um silêncio carregado de expectativa quando chegou a minha vez de falar, a última pessoa do círculo, como se a história da celebridade da turma fosse a sobremesa que todos estavam aguardando. Talvez não porque quisessem ouvir mais uma história de sucesso presunçosa — para isso bastava abrir um jornal —, mas porque estavam curiosos para saber como eu tinha *lidado* com o sucesso, as migalhas de fama. Queriam saber se eu tinha me tornado uma pessoa arrogante, se achava que eles se importavam, se iria ultrapassar os três minutos para esfregar na cara deles tudo que havia alcançado e eles não.

Em poucas frases, expliquei que escrevia livros infantojuvenis, que alguns tinham se saído bem, outros nem tanto, mas que um tinha se saído bem o bastante a ponto de me permitir viver disso. Que era solteiro e não tinha filhos e que, mesmo não planejando voltar, ainda pensava muito nos anos que havia passado em Ballantyne. Às vezes, lembranças boas; às vezes, ruins.

— Mas as lembranças ruins não são tão ruins para mim quanto devem ter sido para alguns de vocês — acrescentei e senti um nó na garganta. Maldito champanhe. — Porque eu não fui um garoto legal. Em minha defesa, digamos que vivi algumas experiências difíceis que contribuíram para isso, mas, mesmo assim... A verdade é que eu fazia bullying com as pessoas.

Eu me obriguei a olhar um a um para todos os rostos no círculo, e na hora me ocorreu como, ali, naquele ginásio escuro, eles eram parecidos, como pérolas brancas num colar. Como desconhecidos. Mesmo assim...

— Quero me desculpar, mas não quero pedir perdão a ninguém — prossegui. — Porque isso é querer demais de alguém que destruiu a infância de outras pessoas. Mas quero que saibam que sinto muito...

Senti um nó na garganta e tive que parar. Não esperava que a minha confissão planejada fosse tão angustiante. Devia ter ensaiado em voz alta, sozinho. Bufei e pisquei para afastar as lágrimas.

— ... E, se isso fizer pelo menos um de vocês se sentir um pouco melhor, então a minha vinda para cá hoje terá valido a pena.

Sentado na cadeira, soltei o restante de ar que tinha nos pulmões, me inclinei para a frente, apoiei a testa nas mãos e fechei os olhos. A sala ficou em silêncio total por um bom tempo.

— Mas — disse, por fim, uma voz feminina que não consegui identificar —, a menos que alguém tenha tido uma experiência completamente diferente, eu não me lembro de você fazendo bullying, Richard.

— Nem eu — disse uma voz masculina. — Outras pessoas faziam, mas você, não.

Eles estavam brincando comigo? Tirei as mãos do rosto. Não, todos me olhavam com um ar de seriedade amistosa.

— Sabe por que você nunca fez bullying com ninguém? — perguntou Jack, o Gordão. — Você não tinha tempo, vivia na biblioteca com a Sra. Zimmer, lendo o tempo todo.

Uma risada generalizada.

— Foi mal, Richard — disse Oscar com um sorriso. — Você não era tão fodão quanto pensava que era. Mas deve ser assim que funciona a memória de um escritor.

Risadas ainda mais altas. Alívio. Bem, pelo menos o clima esquisito que eu havia criado foi embora. Engoli em seco. Sorri. E estava prestes a dizer algo quando Jack subiu na cadeira, fez um megafone com as mãos e gritou:

— Hora da festa!

Segundos depois, todos estavam de pé, a música começou a tocar, e começamos a dançar os sucessos cafonas da nossa juventude. Trocávamos de par a cada música, menos Oscar, que havia se apossado de Karen. Dancei como um louco, bêbado de champanhe, de alguma bebida caseira que alguém trouxe, de vergonha da minha confissão pública equivocada e de pura alegria e alívio por descobrir que a minha consciência culpada de todos esses anos não tinha o menor fundamento. Para ser sincero, eu ainda não sabia ao certo quem tinha pior memória, eu ou o restante da turma, mas uma coisa estava clara:

o meu comportamento não havia causado marcas duradouras em ninguém, e isso por si só já valia uma comemoração!

Não sei quanto tempo fazia que eu estava na pista, mas estava empapado de suor, dançando com uma garota vagamente familiar, mas que me olhava de um jeito tão descarado que suspeitei que nos conhecíamos bem melhor do que eu me lembrava. Por outro lado, na época eu só tinha olhos para Karen, não? Não sei se ela leu os meus pensamentos, mas, quando a música parou e ficamos frente a frente no silêncio repentino, ela abriu um sorriso atrevido e disse em alto e bom som:

— O celeiro.

Retribuí o sorriso e fiz que sim vagamente.

— Não é possível! — Ela deu uma risada, incrédula. — Caramba, você não lembra! O celeiro! Você e eu e... o feno!

Continuei sorrindo.

— Qual é o meu nome? — perguntou ela, num tom agressivo.

Meu sorriso parecia grudado no rosto. Engoli em seco.

Dessa vez ela deu uma risada amarga.

— Quer saber, Richard Hansen? Você é um verdadeiro...

— Rita — interrompi.

Ela inclinou a cabeça e me encarou.

— Seu nome é Rita — continuei.

Seu rosto relaxou e, pelo sorriso que abriu, percebi que estava perdoado.

Voltou a tocar música. Era a primeira música lenta da noite, uma balada, e quando Rita avançou decidida na minha direção uma pessoa se colocou entre nós. Karen.

— Acho que essa é minha — disse, me olhando sem notar a presença de Rita.

— Acho que ela está certa — eu disse a Rita, segurando a mão de Karen.

Logo em seguida, estávamos deslizando pela pista num passo simples de dois para a frente e um para trás, enquanto a balada melosa escorria dos alto-falantes.

— Você foi corajoso ao expor os seus sentimentos — disse Karen. — Ao contar para todo mundo como se lembra dos tempos de escola.

— Mesmo que ninguém mais tenha as mesmas lembranças que eu? — perguntei, dando uma risadinha.

— Toda experiência é subjetiva. Tenha em mente que você é uma pessoa sensível, qualquer coisa que acontecia com você tinha um forte impacto. E você projetou essa sensibilidade nos outros, imaginou que eles eram igualmente afetados pelas bobagens que você fazia.

Senti a mão suave dela na minha, a cintura, o calor irradiando do corpo, embora a segurasse a uma distância prudente. Será que eu podia abrir o jogo em relação ao resto? Eu teria essa coragem?

A música terminou quando Karen encostou a testa no meu ombro.

— Tomara que toquem outra balada — sussurrou e teve o desejo atendido.

Na terceira balada eu a puxei para perto. Não muito, só um pouquinho, mas ela me encarou, sorriu e parecia prestes a dizer algo quando aconteceu: de repente um clarão vindo das janelas altas iluminou o ginásio — uma luz azulada que parecia atravessar tudo. Por um instante vi uma imagem de raio X da cabeça de Karen, o formato do crânio, as órbitas vazias, os dentes num sorriso medonho. Então a luz se foi e ouvimos o poderoso estrondo de um trovão. Karen se aproximou de mim. Fechei os olhos e respirei seu perfume. Outro estrondo, dessa vez mais próximo. Senti Karen me soltar e, quando abri os olhos, percebi que a música havia parado e estava um breu no ginásio.

— Um curto-circuito — disse alguém.

A escuridão pairava como uma capa de invisibilidade ao nosso redor. Era a nossa chance. Mas, quando estiquei a mão, Karen tinha sumido. Algumas pessoas acenderam isqueiros e velas, e depois de um tempo uma lanterna apareceu na porta.

Era o zelador.

Eu, Oscar e Harry Cooper — um sujeito careca de quem me lembrei porque mesmo novo tinha cabelo ralo e porque conseguia a proeza de ser ainda mais babaca que eu — nos juntamos ao zelador e descemos ao porão. Sentimos um cheiro de metal queimado, e, quando o zelador abriu uma grande caixa de fusíveis, uma nuvem de fumaça subiu à luz da lanterna. Olhei para os fusíveis e interruptores retorcidos e chamuscados, mas foi o cheiro, e não a visão, que me pareceu familiar, como havia acontecido com a garota sensual com quem eu tinha feito algo que deveria lembrar, mas não conseguia.

— Por hoje não tem mais luz nem festa — anunciou o zelador.

— Mas nós temos velas — rebateu Oscar.

— Veja por conta própria: a caixa de fusíveis pegou fogo — disse o zelador. — Não posso permitir ninguém dentro da escola com fios pegando fogo. Vocês entendem isso, não é?

Quando voltamos para o ginásio, Oscar subiu numa cadeira e anunciou que tinha boas e más notícias. A má era que a festa não poderia continuar na escola.

— E a boa é que a minha mulher foi passar esse fim de semana na casa da mãe com as crianças — prosseguiu, e notei um leve tom de arrogância na voz dele. — O que significa que estou sozinho em casa e podemos...

A voz dele foi abafada por gritos e aplausos.

Já era quase meia-noite quando chegamos ao estacionamento da escola e nos esprememos nos carros das pessoas que tinham ido para a festa dirigindo. Ninguém pareceu se preocupar com o fato de os motoristas não estarem sóbrios. Todos sabiam que o delegado de Ballantyne tinha mais o que fazer do que caçar bêbados num sábado à noite.

Fiquei espremido entre Harry Cooper e Rita num SUV elétrico que zunia na estrada. Percebi que estava exausto. Tinha sido um dia longo desde que havia acordado na cidade, e me perguntei se não era melhor jogar a toalha e ir para casa, para o quarto da minha infância. Em vez disso, fiquei sentado, de olhos fechados, pensando que Karen também estaria lá, sentindo uma náusea cada vez mais forte à medida que o carro percorria lentamente uma pista sinuosa. Em dado momento, ouvi o som das rodas esmagando cascalho, um "Uau" abafado de

Harry Cooper, o rangido de um portão se abrindo e por fim um som de cascalho mais fraco, até que paramos de vez.

— Chegamos — disse o motorista. — Cadê as bebidas?

Senti a pressão dos corpos diminuir e uma leve corrente de ar carregado fluir pelas portas abertas. Abri os olhos e saí com dificuldade, torcendo para o ar fresco me acordar e aliviar o meu princípio de enxaqueca. Quando endireitei as costas e olhei para a construção à minha frente, senti o sangue gelar. Eu já devia ter imaginado. A casa parecia completamente nova, reconstruída do zero, mas deviam ter usado as plantas originais do arquiteto ou fotos antigas.

— Você vem, senhor escritor? — gritou Rita.

— Claro — respondi.

É verdade que não vi um carvalho, mas os degraus, os janelões, as alas, tudo era como antes, até os chifres do diabo na cumeeira do telhado. Eu estava de volta à estrada Floresta do Espelho, 1. A Casa da Noite.

26

Entrei no salão principal. Sobre o chão de mármore branco brilhante havia um piano de cauda preto reluzente e uma mesa de vidro com uns vinte copos de bebidas com rodelas de limão. Os móveis estavam organizados em grupos, como se estivéssemos num saguão de hotel, e não numa casa. O lustre de cristal reforçava essa sensação.

Peguei uma bebida e corri os olhos pela multidão em busca dela.

— Devo dizer que Oscar se deu bem — disse Harry Cooper, ao meu lado. Largou um copo vazio e pegou outro cheio. — Tirando o fato de que é completamente errado colocar limão-siciliano no gim-tônica. O certo é usar limão-taiti. — Ele me encarou, esperando eu participar do debate clássico, mas não respondi, apenas desviei o olhar e voltei a observar a sala. Por fim encontrei Karen, a caminho do corredor que levava à ala esquerda. Ou melhor, Oscar estava segurando a mão dela e parecia que a estava puxando.

— Karen! — chamei.

Ela se virou.

— Oscar está louco para exibir a casa — disse ela e deu uma risada com uma expressão resignada.

— Ótimo! — gritei.

Me custou menos do que deveria engolir o orgulho e o restante da bebida e correr atrás deles.

— Se importa se eu for junto? — perguntei.

— Claro que não — respondeu Oscar, num tom pouco convincente, sem se virar para me olhar.

Entramos no corredor, que estava repleto de fotos de iates e carros e de retratos do que imaginei serem a esposa e os filhos de Oscar.

— Quarto de hóspedes — disse Oscar, abrindo uma porta.

— Ótimo — disse Karen.

Seguimos em frente. Outra porta. Outro quarto de hóspedes. E assim por diante.

— O que você fez com a casa foi impressionante — falei, para quebrar o silêncio. — Porque ela foi destruída por um incêndio, não foi?

— Não chegou a tanto — disse Oscar. — É verdade, ela foi atingida por um raio e o incêndio causou danos, mas ela estava vazia.

— Richard está perguntando... — disse Karen, virando-se para mim como se pedisse permissão — ... porque ele escreveu sobre uma casa que foi destruída por um incêndio e era mais ou menos como essa aqui.

— Sério? — disse Oscar, sem diminuir a velocidade. — Devo admitir que não leio essas coisas de fantasia. Ah, foi mal, Richard. — Ele se virou e colocou a mão no meu braço. — Não quero tirar o seu mérito. Quer dizer, você claramente acertou em cheio com as crianças.

— Jovens — corrigiu Karen. — Se eu fosse você, não leria o livro dele para os seus filhos, Oscar.

Oscar deu um sorriso sem jeito. Parecia não ter gostado de ser lembrado de seu estado civil.

— Aqui é o átrio, ou jardim de inverno — disse ele, tateando a parede.

O cômodo se abriu à nossa frente, e havia um som de um fio de água correndo, parecido com o de uma fonte, mas estava escuro e não consegui ver muita coisa.

— Aqui antes era o quintal, mas eu o fechei com paredes de vidro e um telhado. A casa é grande demais para nós, tanto que não consigo nem encontrar o interruptor.

Nesse instante houve outro relâmpago, e no clarão eu vi a árvore.

Estava no centro do átrio, rodeada de água. Não sei se era um carvalho, mas era uma árvore jovem. Uma árvore que não teve tempo de espalhar suas raízes para muito longe. Mesmo assim, fiquei incomodado só de saber que era exatamente isso que as raízes estavam fazendo naquele momento: espalhando seus tentáculos brancos em todas as direções bem debaixo dos nossos pés, numa busca lenta, mas implacável, por alimento, sustento. Presas.

Outro relâmpago. Vi Oscar com o braço esticado procurando o interruptor, como o raio X que tinha visto de Karen mais cedo. Mas não era como o dela. Ele tinha o crânio pequeno e dentes minúsculos e afiados de roedor. O braço não tinha os ossos de um ser humano, e sim uma rede de ossinhos finos que lembrava a asa de um pássaro. Eu não deveria ter bebido aquele gim-tônica tão rápido.

— Achei — avisou Oscar.

As luzes se acenderam.

— Ótimo! — disse Karen.

— O que achou, Richard?

— Incrível — respondi.

— O que tem lá? — perguntou Karen, apontando para a porta onde a ala continuava, do outro lado do jardim de inverno.

— É onde mora o casal que trabalha aqui. Eles já estavam aqui quando a gente se mudou, então meio que vieram junto com a casa. Eles cuidam da propriedade, das crianças, cozinham. Quando estávamos a caminho daqui, eu liguei e pedi que preparassem as bebidas. O que acham?

— Ótimo — repetiu Karen.

Por um instante, pensei em dizer que eles deveriam ter usado limão-taiti, e não limão-siciliano, no gim-tônica, mas apenas fiz que sim com a cabeça, concordando com Karen.

Oscar parecia feliz.

— Pedi que eles preparassem algo para comer, então espero que vocês dois estejam com fome.

— Ótimo! — repetiu Karen. Olhei para ela, mas não consegui detectar nenhum traço de ironia.

Fazendo o caminho de volta pelo corredor, fiquei para trás e vi Oscar pegar a mão de Karen e conduzi-la, como se fossem um casal outra vez. Tive vontade de acertar a nuca dele com um objeto pesado.

Ouvimos o som da música vindo do salão principal, e quando chegamos vi que a festa estava a mil outra vez.

— Tom pousou! — gritou Jack na pista de dança. — Acabou de mandar mensagem dizendo que está vindo de táxi.

— Ótimo! — exclamou Karen, e senti que a repetição estava começando a me irritar.

— Você tem algum remédio para dor de cabeça? — perguntei a Oscar, que ainda segurava a mão de Karen.

— Claro. Pode pegar no armário do banheiro. Suba a escadaria e vire à esquerda. Quando passar pela cozinha, é a terceira porta à direita.

Ele me encarou com um sorriso que dizia algo como "boa tentativa de ficar sozinho com Karen, seu nojento".

Eu os deixei a sós, mas conforme fui andando fiquei tão zonzo que precisei me segurar no corrimão de um lado da larga escadaria. Cheguei ao alto, respirei fundo e tentei me recompor. Vi Oscar, Karen e os outros dançando em volta de Jack, que reinava na pista com uma série de passos de tirar o fôlego e movimentos de break dance. Quando ele deu um salto mortal para trás, todo mundo aplaudiu e gritou.

Segui em frente cambaleando. A dor de cabeça estava cada vez mais forte, latejando como um bumbo nas minhas têmporas. Do outro lado da porta que percebi ser a da cozinha, ouvi o som de passos arrastados, golpes de cutelo e panelas. Conforme Oscar tinha me explicado, o banheiro ficava algumas portas à frente. Era grande, moderno e estava extremamente limpo, com chuveiro e jacuzzi e uma porta aberta que dava para o que imaginei ser o quarto de Oscar e a esposa. O armário sobre uma das duas pias estava cheio de caixas e potes de comprimidos. Vi um pote com o nome Sarah Rossi escrito no rótulo, mas não consegui ler para o que era porque estava começando a enxergar tudo embaçado. Ao menos reconheci a caixa do remédio para dor de cabeça e engoli dois comprimidos. Me sentei no chão aquecido, me encostei na parede, fechei os olhos e torci para o banheiro parar de pulsar e o mundo parar de girar.

Não sei há quanto tempo estava ali quando a porta se abriu e Rita entrou.

— Achei você — grunhiu ela, abaixando a calcinha por baixo da saia e se sentando no vaso sanitário. — Está passando mal?

— Com licença — falei, me levantando e me recompondo, enquanto olhava para o espelho do armário e via um rosto que não era meu, mas que só podia ser.

— Não foi nada marcante — disse Rita, enquanto eu ouvia o xixi dela cair na água do vaso sanitário. — Digo, aquela vez no celeiro. Na hora não perguntei, quis ser simpática, mas acho que foi a sua primeira vez. Acertei?

— Com licença — repeti e saí cambaleando para o corredor.

Me apoiei na parede e passei no caminho de volta pela porta da cozinha, de onde agora só ouvia o som de passos arrastados, como se o casal estivesse dançando uma valsa lenta. Parei para prestar atenção. Havia outro som. Uma espécie de estalo úmido. Empurrei a maçaneta para abrir a porta, mas alguma coisa — uma leve premonição — me deteve. Senti o coração bater forte e o suor escorrer. Do outro lado, os sons desapareceram, como se eles estivessem parados me esperando. Recuei, dei meia-volta e segui pela galeria em direção ao salão. A música havia parado, e o pessoal tinha começado uma conversa animada lá embaixo. Espiei por cima do corrimão. As pessoas estavam espalhadas pelo salão, comendo de pé ou sentadas em cadeiras ou sofás. Vi que uma bandeja de hambúrgueres tinha sido colocada no lugar das bebidas sobre a mesa de vidro. Talvez eu só precisasse comer alguma coisa.

Desci a escada e fui em direção à bandeja, mas era tarde demais: um cara que reconheci como Henrik — o gênio da matemática da turma — estava prestes a pegar o último hambúrguer. Quando ele me viu, deu um passo atrás e fez um gesto para que eu me servisse.

— Não, você chegou primeiro — falei, com um sorriso que provavelmente parecia forçado.

— Grandes escritores precisam comer — disse ele, retribuindo com um sorriso simpático. — Eu já comi um, e estão preparando mais.

— Nesse caso, obrigado — falei e peguei o hambúrguer. Cravei os dentes, senti a boca se encher com o líquido da carne recém-moída e pensei comigo mesmo que é disto que nós, mamíferos, somos feitos, em grande parte: água. Dei outra mordida. Meu Deus, estava uma maravilha, era exatamente do que eu precisava.

— Meu filho queria saber se eu sou o Henrik, o aluno gênio da matemática do seu livro.

Olhei para o homem ainda parado ali. Era uma das pessoas que não tinham gastado os três minutos falando de si mesmas no ginásio. Salvo engano, ele tinha dito que era contador. Será que havia aspirado a uma posição mais elevada? De acadêmico, talvez? Será que achava que esperávamos mais dele e por isso se descreveu com poucas palavras? Ou estava feliz com o que tinha alcançado, mas não achava que havia muito o que dizer sobre a própria vida?

— É, sim — respondi, com a boca cheia de hambúrguer. — É você.

— Nunca fui um gênio da matemática, mas obrigado — disse ele.

— Era, sim.

Ele deu uma risada.

— Nunca confie na sua memória. Ela só dá aquilo que você acha que precisa receber. Bem... quer dizer, nesse sentido talvez seja melhor confiar nela, sim.

Ele deu outra risada.

Eu tinha dado outra mordida no hambúrguer e estava mastigando bem devagar para não ter que responder. Apenas fiz que sim com a cabeça outra vez para agradecer pelo hambúrguer, atravessei o salão e me sentei no sofá ao lado de Karen. Soltei um gemido de alívio que só se sente após um momento de grande desconforto.

— Você parece melhor — afirmou ela, sorridente, e beliscou a minha nuca de leve.

— Ã-hã — falei, engolindo o hambúrguer. — Quanto tempo eu fiquei fora?

— Bastante. Estava começando a ficar preocupada.

— Eu estou bem. E você? Pelo jeito encontrou um sofá para ficar sentada sozinha por um tempo. Ser popular é horrível, não é?

— Terrível. — Ela riu e abriu um caderno. — Mas não, eu me sentei porque Tom estava sentado aqui.

— Tom? Ele chegou? — Olhei em volta. — Cadê?

— Foi até a cozinha ajudar — respondeu ela, enquanto escrevia no caderno.

— Estou vendo que você guardou o marcador — comentei, apontando para a presilha rosa de cabelo presa na capa do caderno.

— Pois é.

— Ainda pretende ser escritora? Se usar qualquer coisa que eu disser, vou pedir direitos autorais e royalties.

— Combinado. A propósito, Tom perguntou por você.

— É mesmo? O que ele foi fazer na cozinha?

— Ajudar, como eu disse.

— No quê?

Ela encolheu os ombros.

— Tom é o tipo de cara que gosta de se doar.

— Ah, é?

— Foi o que ele disse.

— Disse o quê?

— Que ia para a cozinha se doar. E funcionou, parece que você está adorando o hambúrguer.

— Tom fez os hambúrgueres? — Olhei para o último pedaço de pão e carne na minha mão.

— O casal que serviu disse que eram hambúrgueres à la Tom. E estão vindo com mais...

Ouvi passos arrastados na escadaria. Engoli. Uma ideia estava começando a tomar forma. Então, muito lentamente, me virei. Senti a boca ficar seca e a língua murchar.

Um caranguejo. Foi a primeira ideia que me ocorreu. Unidos pelo quadril, eles desciam a escadaria de lado sobre quatro pernas. Na mão direita — erguida como uma garra de caranguejo — cada um segurava uma bandeja com hambúrgueres fumegantes. Pareciam gêmeos, mancavam e estavam de branco.

Meu olhar encontrou o dela. De Vanessa.

E então, quando ela se virou para que seu companheiro pudesse pôr os pés no degrau abaixo, o de Victor.

Minha cabeça parecia prestes a explodir. Isso só podia ser culpa dos comprimidos. Que outra explicação poderia haver para o que estava acontecendo diante dos meus olhos?

— Hummm, parecem ótimos! — comentou Karen.

— Não toque nesses hambúrgueres — falei, largando o que restava do meu e me levantando.

— Algum problema, Richard?

— Ã-hã — sussurrei. — Tem algo errado. Vem comigo.

Peguei a mão de Karen e a puxei. Quando o caranguejo humano grotesco chegou ao pé da escadaria e se dirigiu à mesa de vidro, corremos escada acima.

A porta da cozinha estava entreaberta, e à medida que nos aproximávamos comecei a ouvir o mesmo som que imaginei quando escrevi a cena em que Tom é devorado pelo telefone, um som úmido de sucção, como o de larvas devorando um cadáver. Chutei a porta.

— M-m-mas e se não for Richard?

O homem no balcão que girava o cabo do moedor de carne me encarou, e seu rosto se iluminou. Ele estava quinze anos mais velho, havia engordado e deixado um bigode crescer, mas não tive dúvida: era Tom.

— V-v-você gosta de mim? — perguntou.

Olhei. Engoli em seco. A manga da camisa estava enrolada até o ombro do braço que na verdade não estava girando a manivela: estava era tão enfiado no moedor que não restava muita coisa dele. O som úmido vinha da saída do moedor, onde pedaços de carne escorriam dos buracos e pendiam por um segundo antes de cair numa frigideira posicionada numa cadeira logo abaixo do moedor.

— O que você está fazendo? — sussurrei com dificuldade, prestes a vomitar.

— Estou fazendo o que todos nós deveríamos f-f-fazer. Estou me doando. V-v-vem, Richard, tenta.

— Não, obrigado — consegui dizer enquanto começava a recuar para sair pela porta.

Tom largou a manivela e esticou o braço livre. Eu estava a mais de dois metros, mas ele me alcançou mesmo assim. Dedos finos e brancos seguraram o meu pulso e começaram a me puxar.

— Eu insisto — disse ele.

Resisti, finquei os calcanhares no chão, mas ele era forte demais.

— Vamos, o cardume precisa de c-c-comida.

Tom me arrastou para cada vez mais perto e tirou o que restava do outro braço do moedor. A extremidade do coto estava toda dilacerada, com carne vermelha e um osso branco para fora, mas não havia sangue escorrendo. Olhei para as letras garrafais na lateral do moedor. PIRANHA. Tom enfiou a minha mão no moedor.

— Karen! — gritei, me virando para trás.

Karen estava parada à porta, observando passivamente. Horrorizada, sim, mas havia algo mais na expressão dela. Era como se ela estivesse... como posso dizer?... meio fascinada?

Senti a mão tocar em algo pontiagudo lá embaixo, na mandíbula. As lâminas do moedor.

— Karen, minha querida — disse Tom. — Não tenho nenhuma das mãos livre, como você pode ver. Então, você se importaria de g-g-girar a manivela para nós?

Fiquei horrorizado quando vi Karen fazer que sim e entrar na cozinha.

— Não, não, não! — gritei quando ela segurou a manivela do moedor. Corri os olhos pelo balcão da cozinha e vi o cutelo. Peguei-o com a mão livre e o acertei o mais forte que pude no braço que me segurava. Senti o aço deslizar com uma facilidade surpreendente em carne e osso até bater na bancada. Um jorro quente de sangue atingiu a minha mão.

— Meu Deus! — exclamou Karen, sorrindo e olhando para seu vestido manchado de vermelho.

— Meu Deus! — repetiu Tom, também sorrindo e olhando para o braço decepado na bancada.

Olhei incrédulo para o que restava dele: um torso vivo e sangrento sobre duas pernas. Então percebi que Karen tinha começado a girar a manivela. Senti as lâminas do moedor na minha pele, mas rapidamente tirei a mão.

Nós nos encaramos. O que vi nos olhos dela? Curiosidade? Compaixão? Não sei, toda a situação era muito confusa.

Então saí correndo.

Disparei pelo corredor em direção ao salão principal.

Estava tão zonzo que foi como andar no convés de um barco durante uma tempestade. Quando cheguei à galeria, me agarrei à grade com as duas mãos e vomitei. Notei que parte do vômito caiu no chão de mármore lá embaixo. Recuperei o fôlego. Ouvi um zumbido baixo, como o barulho de uma colmeia. Ergui a cabeça. No salão, eles estavam em pé, formando um círculo e olhando para cima, me encarando. E eu estava olhando para o homem no meio do círculo. Jack. Ele estava nu, fazendo uma pose de balé clássico com os olhos fixos em mim: braços esticados sobre a cabeça, mãos curvadas uma em direção à outra, um pé cruzado na frente do outro. A quinta posição do balé. Como eu sabia disso? Tinha lido sobre o assunto? Visto fotos num livro da biblioteca, onde disseram que eu passava o tempo todo? Eu vivia mesmo na biblioteca?

O zumbido vinha das asas de Jack, que se projetavam das costas, finas, transparentes, batendo tão rápido que só dava para ver a vibração no ar.

Ele esticou os pés, de modo que só a ponta dos dedos tocava o chão de mármore. Logo depois, nem isso.

Jack estava flutuando.

Parei de respirar outra vez. O zumbido das asas era o único som no salão. O corpo de Jack, que parecia travado na posição, se ergueu em pleno ar. Observei o rosto das pessoas. Elas não pareciam tão surpresas, e sim devotadas, como se estivessem assistindo a um milagre profetizado ou algo que já tinham visto. Oscar mantinha um sorriso angelical. Rita parecia encantada, movendo os lábios como se estivesse orando. Vanessa/Victor estavam de mãos dadas.

Jack voou até chegar à altura da galeria e veio em minha direção. Senti o ar empurrado pelo bater das asas dele. A cor das íris de Jack mudou, ficou vermelha. Senti vontade de cair na gargalhada; as alucinações eram tão reais que tive a sensação de que se tocasse em Jack sentiria sua pele. Isso era por causa dos comprimidos que havia tomado? Eram eles que controlavam as alucinações ou era eu? Não dava para saber, mas eu parecia ter certo grau de controle. Era como se pudesse decidir o que estava acontecendo, mas ao mesmo tempo não pudesse, como se a narrativa tivesse vontade própria, uma lógica interna. Nesse caso, eu poderia parar? Ou aquilo era só um pesadelo comum, como se fosse um ator representando um papel de espectador indefeso, obrigado a ver e ouvir tudo? Nesse caso, eu queria acordar agora. Pigarreei.

— Muito impressionante, Jack — falei, tentando manter um tom de voz firme. — Você conseguiu mesmo se transformar na fada Sininho.

— Já você continua sendo a mesma pessoa de sempre — disse Jack —, Solvosse.

— Hã?

— Veja com os seus próprios olhos — disse Jack, apontando para o janelão.

Me virei, mas só vi a escuridão lá fora.

— O que você quer dizer com... — comecei a perguntar, quando relampejou lá fora e vi o reflexo do meu rosto no vidro. Ou melhor, não era o meu rosto, mas o rosto que eu tinha visto no espelho do banheiro. O rosto jovem que eu tinha visto numa foto de turma de escola. O rosto que eu tinha em mente quando escrevi *A Casa da Noite*, e que o protagonista, Richard, vê quando está em frente à sala do diretor-geral do Reformatório Ohlepse. Eu não só senti a cabeça prestes a explodir como *desejei* que isso acontecesse. Era o rosto de Solvosse Jonasson.

— Viu agora? — perguntou Jack. — Ficou claro, Richard?

— Não — respondi. — Para mim só está claro que vocês planejaram tudo isso.

Jack sorriu.

— Quanto tempo...? — comecei.

— Ah, desde antes de enviarmos o convite para a reunião.

— Mas... por quê?

— Por quê? Ah, Richard, você sabe por quê.

Balancei a cabeça lentamente. Jack suspirou e inclinou a cabeça.

— Você mesmo falou mais cedo.

— A coisa do b-bullying?

— Você era uma gangue de um garoto só praticando bullying contra um grupo de almas solitárias, Richard. Mas "bullying" é uma palavra muito fraca para o que você fazia, não acha?

— Hum...

— Pense bem. "Maldade" seria uma palavra mais adequada. Olhe! — Jack apontou para os colegas abaixo dele. — Olhe e lembre. Tom, eu, Vanessa, Victor, Oscar. Até Karen. Todos aqui. Um por um, você nos pegava, acabava com a gente, nos aterrorizava, fazia das nossas vidas um inferno.

Olhei. Tentei lembrar. E me veio à mente. Rosto por rosto. Vítima por vítima. Me lembrei do mantra que costumava usar com eles. "Você é um lixo." Porque só um lixo é capaz de convencer as pessoas de que elas são um lixo.

Engoli em seco.

— Então vocês mentiram quando disseram que as minhas memórias estavam erradas?

— Desculpe, mas precisávamos fazer você relaxar. Trazer você aqui.

— Entendi. Certo, e agora?

Jack encolheu os ombros.

— Agora vamos devorar você.

A multidão lá embaixo se agitou.

— Não posso simplesmente deixar vocês fazerem isso — falei, vendo o grupo subir a escadaria como um rio humano.

— Ah, nós já esperávamos por isso — disse Jack. — Na verdade, preferimos que você tente escapar. Todo mundo sabe que a adrenalina dá um sabor extra à carne.

A multidão havia chegado ao alto da escadaria e vinha em minha direção, comandada pelos gêmeos-caranguejo. Só pararam quando brandi o cutelo contra eles. Subi no corrimão, fiquei de pé, me equilibrei com os braços abertos e gritei:

— Querem me ver voar?

Enquanto eles me olhavam, mergulhei em direção ao salão.

Caí.

Em direção ao chão de mármore reluzente.

Bati de costas no piano de cauda igualmente reluzente. Senti a tampa quebrar, ouvi as cordas arrebentarem e o instrumento se partir em dois.

Fiquei deitado olhando para o lustre de cristal, para Jack pairando acima de mim, para os rostos na galeria. Procurei o cutelo, encontrei e me levantei.

Quando a multidão estava descendo a escadaria, corri até a porta da casa e abri. Ou melhor, tentei. Estava trancada, e não vi nenhuma tranca para tentar abrir. Puxei a maçaneta de novo. Mesmo resultado.

— Agora você sabe como é dar de cara com uma porta trancada? — perguntou Jack, pairando acima da minha cabeça, mas fora do meu alcance com o cutelo. — E quem trancou foram as pessoas que você achava que te amavam. O que você vai fazer?

Comecei a socar a porta freneticamente.

— Exato! — Jack deu uma risada. — Você bate nela! Torce para alguém abrir. Mas, quando isso não acontece, o que vem depois?

Dei meia-volta. A multidão havia chegado ao pé da escada, e dessa vez Oscar, Harry Cooper e Henrik estavam na dianteira. Os rostos não expressavam ódio. Na verdade, não expressavam nada, apenas indiferença, como se seus corpos obedecessem a comandos que eles não podiam controlar.

— É isso aí, você faz uma ligação — disse Jack, imitando um telefone com o polegar na orelha e o dedo mínimo na boca. — Você liga e torce para que alguém atenda. Espera que a única pessoa sobre quem você ainda tem algum poder responda. E deixe você entrar.

Soltei a maçaneta e passei correndo pelas pessoas em direção ao corredor que havia atravessado com Oscar e Karen mais cedo. Continuei correndo enquanto ouvia os passos deles ecoando nas paredes atrás de mim. Entrei no jardim de inverno, fechei a porta com força e vi que tinha um trinco. Virei-o e apoiei as costas na porta. Ouvi a avalanche de corpos se aproximando e senti a porta tremer. Eles gritavam e esmurravam. Olhei para a frente. Os relâmpagos estavam mais próximos e iluminavam o jardim de inverno através das paredes de vidro.

A árvore.

Havia uma mulher pendurada.

A cabeça pendia para baixo, revelando a corda no pescoço. Ela usava uma camisola, e os pés descalços pareciam esticados em direção ao chão, mas não o tocavam.

Me afastei da porta e fui em direção a ela. Atrás de mim, os gritos foram perdendo força.

O rosto da mulher estava tapado pela franja loira infantil.

Quando me aproximei, percebi que a árvore devia ter crescido desde que eu a havia visto mais cedo, como se tivesse se alimentado. Talvez por isso a mulher pendurada tenha me feito pensar na imagem de uma concha vazia, como a carcaça de inseto preso numa teia após a aranha sugar suas entranhas.

Parei debaixo da árvore, ergui a cabeça e olhei para a mulher. O rosto sardento estava pálido. Lindo e totalmente pálido. Ela — a pessoa que era tudo que eu mais amava — tinha sido tirada de mim. Eu não conseguia raciocinar, e a palavra simplesmente escapou:

— Mãe.

Em resposta, um raio poderoso caiu lá fora, seguido por um estrondo ensurdecedor, e o corpo acima de mim estremeceu como se estivesse numa dança espasmódica. Em seguida, chamas começaram a sair da camisola e choveu vidro ao meu redor. Quando voltei a abrir os olhos, senti o vento noturno no rosto e vi que o teto e as paredes de vidro haviam desabado e que eu podia sair andando da propriedade. Vi o portão no fim de um caminho de cascalho branco e reluzente.

Então ouvi a porta ser aberta atrás de mim. Sem dúvida Oscar havia encontrado a chave.

Tá bem, pensei. Não aguento mais. Pode acabar aqui, assim mesmo.

Fechei os olhos de novo e senti a respiração se acalmar enquanto uma estranha paz tomava conta de mim. Pouco depois, tornei a abrir os olhos. Porque não era verdade. Eu podia aguentar mais. Sempre podemos aguentar mais. Saí correndo.

27

Saí correndo pelo cascalho, atravessei o portão aberto e segui para a floresta. Não havia iluminação pública, mas os relâmpagos eram tão constantes que eu conseguia me manter na estrada. A noite e o ar fresco eram exatamente como eu havia imaginado quando escrevi o fim de *A Casa da Noite*, um ambiente carregado de eletricidade e pronto para uma tempestade de proporções bíblicas. Corri o mais rápido que pude, mas parecia que os meus perseguidores estavam se aproximando. Quem diria que eles eram tão persistentes? Meus pulmões ardiam, minhas coxas estavam duras como tocos de madeira por causa do ácido lático, e eu sabia que em breve ia parar de obedecer ao meu cérebro. A estrada se estreitou ainda mais e, se bem me lembro, acabaria logo à frente. Mas pouco antes disso eu entraria na trilha que atravessava parte da floresta, seguia pela ponte e dava para a estrada principal. Era um caminho longo, mas, se eu conseguisse chegar à trilha, a multidão teria que se organizar, porque ela era bem estreita, com espaço para duas, no máximo três pessoas lado a lado. Só me restava torcer para que isso os atrasasse. Talvez assim eu conseguisse chegar à estrada principal, que em geral era bem iluminada e costumava ser movimentada, pelo menos de dia.

Mas eles estavam se aproximando depressa, dava para ouvir a respiração ofegante e os passos rápidos e leves bem atrás de mim. Tentei acelerar, mas não conseguia. Eu não ia conseguir chegar à trilha. De repente, levei uma rasteira e caí no chão. Tateei no escuro em busca do cutelo, mas era tarde demais, eles haviam me alcançado. Mãos me puxavam de um lado para outro, levei pancadas na cabeça e chutes na barriga. Eu me encolhi e usei as mãos para proteger a cabeça.

— Virem ele! — gritou alguém num tom de voz raivoso. — Eu quero que ele olhe para nós quando o matarmos!

Mãos me agarraram e me rolaram de costas para o chão, e alguém se sentou sobre o meu peito. No relâmpago seguinte vi que era Rita. Tentei derrubá-la, mas ela era forte. Incrivelmente forte. Ela se inclinou para a frente e, com aquele bafo de bebida na minha cara, disse:

— Richard Hansen, eu te odeio.

Ela se endireitou e ergueu as mãos acima da cabeça. Estava segurando um arco de croquet com as pontas de aço afiadas viradas para mim. Quando percebi que me transformaria numa quadra de croquet, comecei a me debater feito um besouro indefeso.

Nesse momento o rosto de Rita foi iluminado por uma luz ofuscante que a paralisou.

— Parada aí, em nome da lei!

De repente houve um silêncio total, e todos se viraram para a luz. Eu não conseguia enxergar nada, mas percebi que a voz metálica vinha de um megafone. Vi um movimento na luz. Uma silhueta se aproximou lentamente pelo cascalho. Eu sabia quem era antes mesmo de ele se aproximar o bastante para eu conseguir ver seu corpo alto, de ombros largos e cabelo preto. E claro: ele estava empunhando uma pistola.

28

— Para trás — ordenou o agente Dale, e a manada obedeceu. — Você também, garota — disse ele para Rita, ainda sentada em cima de mim.

Ela sibilou com raiva para nós dois, mas se levantou e se juntou aos outros, que protegiam os olhos da luz, atentos ao que estava acontecendo.

O agente Dale me ajudou a me levantar e me apoiou enquanto caminhávamos em direção à luz.

— O-o que você está fazendo aqui? — perguntei, gemendo de dor.

— Eu? Eu estou sempre aqui.

— Aqui? Na floresta do Espelho? — Olhei para ele quando senti as primeiras gotas pesadas de chuva.

— Ã-hã. Como a gente não resolveu esse mistério, acabei ficando por aqui para o caso de ele voltar.

— Solvosse Jonasson?

— Isso.

A luz vinha dos faróis de um Pontiac LeMans. Óbvio. Nem vermelho nem verde, mas azul-claro. Quando estávamos entrando, o céu enfim desabou e, segundos depois, a chuva já estava martelando o teto do carro.

— Exatamente como naquela noite — disse o agente Dale, apertando um botão que trancava todas as portas com um clique. — Lembra? — Ele sorriu como se fosse uma lembrança feliz: a chuva, o incêndio, a fuga, Karen pulando do terraço.

— Não me lembro de nada — murmurei, tentando enxergar alguma coisa através da água que escorria no para-brisa.

— Claro que lembra — disse o agente Dale. — Afinal, você escreveu um livro sobre o caso.

— Até hoje à noite eu achava que tinha inventado tudo isso — sussurrei e percebi que ainda estava segurando o cutelo. — Inclusive você.

— Eu?

Massageei a têmpora.

— Podemos dar o fora daqui agora, agente Dale?

— Podemos.

O agente Dale acionou os limpadores de para-brisa. A água sumiu em segundos e conseguimos enxergar. À luz dos faróis, os rostos estavam pálidos, quase brancos. A chuva não parecia incomodá-los. Ou a luz ofuscante. Eles avançavam lentamente, como robôs, em nossa direção, como se tivessem todo o tempo do mundo, e nós, nenhum. Vi um reflexo. O cutelo. Estava na mão de Jack, que liderava o bando.

— Acelera! — gritei. — Acaba com eles!

— Não vai adiantar — disse o agente Dale. — Olha.

Olhei. Atrás deles, um SUV elétrico tinha chegado sem fazer barulho e parado atravessado na pista, impedindo a nossa fuga.

— Espera aqui — disse Dale, tirando a pistola do coldre de ombro, abrindo a porta e saindo na chuva. Então, pôs a cabeça para dentro e pediu: — Me dá o megafone.

Peguei o cone acinzentado e largo no console e o entreguei a Dale, mas sem querer o bati na alavanca perto do volante e desliguei os limpadores de para-brisa. Dale fechou a porta, mas ainda assim ouvi o som metálico e amplificado da voz dele acima da chuva que tamborilava no carro:

— Parem, em nome da lei! — Ele fez uma pausa. — Eu mandei parar, senão atiro!

Empurrei a alavanca para religar os limpadores de para-brisa e ver o que estava acontecendo lá fora, mas só consegui deixar o farol baixo. Ouvi um tiro, nada mais que um leve estalo. Outro. Depois um forte estrondo, mas foi só um trovão, e no estrondo seguinte não consegui ouvir nada vindo de fora. Percebi que precisava girar a alavanca em vez de empurrá-la, e quando fiz isso os limpadores voltaram a funcionar. Enquanto afastavam a água do para-brisa, houve outro estrondo. Um corpo tinha caído no capô. Era o agente Dale, com o rosto pressionado no para-brisa, iluminado pelas luzes do painel, o cabelo preto grudado no rosto, o olhar fixo em mim. Ainda não tinha começado a jorrar sangue da testa dele, onde o cutelo estava enterrado. Quando começaram a puxá-lo, percebi uma mistura de medo e resignação em seu rosto. Ele arranhou desesperadamente o capô com a mão que não segurava a pistola, mas não estava adiantando, então se agarrou a um limpador de para-brisa e o arrancou. Por fim, sumiu.

Me joguei para a esquerda e apertei o botão para trancar as portas, e logo em seguida ouvi alguém puxar a maçaneta. Me sentei ao volante e pisei no acelerador. O motor soltou um rugido de alerta, como um búfalo ao ser atacado por leões. Coloquei na primeira marcha, e o carro derrapou no cascalho antes de conseguir tração e arrancar. Senti o carro sacolejar enquanto atropelava os corpos que apareciam e sumiam do meu campo de visão. Acertei a traseira do SUV imaginando que ele seria mais leve ali, o suficiente para girar e eu poder passar. Mas, como o Pontiac não estava muito longe do SUV, não consegui acelerar muito, e o SUV só girou de leve. Meu carro derrapou, e os veículos acabaram lado a lado. A essa altura os relâmpagos estavam mais espaçados, e os meus faróis apontavam para as entranhas da floresta, mas mesmo na escuridão eu conseguia ver a movimentação. E a trilha, que estava logo à frente, na direção para onde o Pontiac apontava. Eu conseguiria chegar lá antes de me alcançarem? Obtive a resposta quando alguma coisa bateu na janela lateral. À luz de um relâmpago, vi que era Henrik. Ele mexia a mandíbula como se estivesse mastigando, o sangue escorrendo pelos cantos da boca, e ergueu um objeto parecido com um tronco para atacar de novo. Quando olhei com mais atenção, percebi que era um braço decepado ainda com a manga preta do terno. Ele deu outra pancada, e a janela quebrou. Mãos vieram na minha direção, unhas arranharam o meu rosto. Tudo é simples quando se fica sem opções. Pisei no acelerador.

Fui jogado para a frente quando o Pontiac caiu numa vala rasa o bastante para não me impedir de avançar. A trilha tinha mais ou menos um metro e meio de largura, era estreita demais para o carro, mas, se eu conseguisse manter uma roda dianteira e uma traseira nela, talvez conseguisse abrir distância da turba. E funcionou melhor do que eu esperava. Fui atropelando e esmagando vegetação, arbustos e árvores pequenas com o para-choque, e em pouco tempo o farol direito quebrou, mas consegui me manter na trilha com um farol e um limpador de para-brisa. Quando a trilha começou a descer abruptamente em direção ao rio, fiz a curva para a ponte, mas de repente ouvi um barulhão, o carro parou bruscamente, e dei com a testa no para-brisa. Eu tinha batido a dianteira direita numa árvore. Coloquei na ré e pisei no acelerador, mas os pneus não conseguiam tração; com a chuva, a trilha estava muito lamacenta e as rodas afundavam ainda mais.

Abri a porta com um chute e saí correndo pela trilha em direção à ponte e ao rio, que já dava para ver por entre as árvores. Ouvi o som de galhos quebrando atrás de mim. Eles estavam chegando, mas se eu conseguisse atravessar o rio chegaria à estrada principal antes deles.

Cheguei à borda da floresta quando outro relâmpago iluminou os cem metros que faltavam para a ponte, e de repente parei. Vi três sujeitos parados na ponte. Eu tinha quase certeza de que eles não tinham me visto, então me escondi atrás de uma árvore e espiei. Outro relâmpago. Todos estavam de bicicleta. Pareciam bicicletas Apache. O maior usava uma camisa de flanela. Parecia que eles estavam vigiando a área. Por que mais estariam ali? Eu precisava tomar uma decisão rápido.

Então, eles tomaram a decisão por mim.

Outra série de raios permitiu que eu visse uma pessoa descendo dos céus e pousando na ponte. Os três não pareceram nem um pouco surpresos ao ver um sujeito voador aparecer nu de repente entre eles; pelo contrário, logo começaram a conversar, apontando e balançando a cabeça. Estavam claramente envolvidos na situação e relatando que não tinham me visto.

Minha chance de atravessar a ponte era zero.

Olhei para a esquerda e vi que estava a apenas dez metros do ponto onde o rio surgia da floresta. Tinha seis, no máximo oito metros de largura, mas parecia uma jiboia musculosa rastejando em direção à ponte, exatamente como da outra vez, muitos anos antes. Uns cinquenta metros além da ponte, o rio fazia uma curva, e eu poderia cruzá-lo sem ser visto. Dali eram só mais uns cem, talvez cento e cinquenta metros até chegar à estrada principal, onde poderia encontrar um morador amigável que tivesse saído para um passeio de carro ou um caminhoneiro levando uma carga de madeira. Estaria em segurança.

Ouvi vozes atrás de mim e vi a luz de uma lanterna se movendo entre as árvores. Comecei a rastejar em direção ao rio. Estava me preparando para o choque térmico da água gelada, mas ela estava mais quente do que eu esperava, talvez por eu ter corrido. Tentei boiar e lamentei não ter tirado o paletó, que parecia me puxar para baixo, mas pelo menos consegui manter o rosto acima da água e respirar. O olho é capaz de registrar qualquer movimento, mas se eu ficasse totalmente imóvel talvez eles não me notassem.

Olhei para o céu, e eram tantos raios e relâmpagos que parecia que havia uma lâmpada fluorescente piscando por trás das nuvens. As vozes que vinham da ponte estavam se aproximando rápido. Mantive a cabeça totalmente parada e segui boiando, o corpo imóvel feito uma estátua ou um tronco de árvore. A ponte e as quatro pessoas entraram no meu campo de visão. Jack e o homem de camisa de flanela estavam concentrados na conversa, e os outros dois estavam encostados no guarda-corpo, olhando para o rio. Havia algo familiar no rosto dele. Na verdade, em toda aquela situação, como a imagem espelhada de uma lembrança. Por uma fração de segundo o meu olhar se encontrou com o de um deles. Foi como me olhar no espelho. Quando passei por baixo da ponte, ouvi passos correndo pelas tábuas e, quando saí do outro lado, vi o mesmo rosto. Fiquei esperando, mas ele não alertou os outros. Logo em seguida sumiu do meu campo de visão, e voltei a contemplar o céu preto com suas luzes pulsantes. Talvez ele tenha tido a impressão de ver algo, mas concluiu que era um pedaço de madeira.

As vozes se afastaram. O rio fez a curva. Me virei para baixo e dei cinco ou seis braçadas fortes para chegar à margem, mas não encontrei nada em que me agarrar, só a grama que eu arrancava enquanto era levado pela correnteza, e de repente estava de volta ao rio, sendo carregado rapidamente. Tentei tirar o paletó, mas o braço direito ficou preso na manga. Engoli água, coloquei os pés no chão e o meu sapato ficou preso numa raiz ou algo assim. Fui puxado para baixo da água. Um pensamento maluco, quase cômico, me ocorreu: eu iria morrer afogado. Iria desaparecer e jamais seria encontrado. Mas então me lembrei do velho ditado: "Quem nasce para ser enforcado não morre afogado." Tirei o pé do sapato, consegui soltar o braço preso no paletó e voltei à superfície. Nadei até a margem, tomei impulso e abracei um tronco fino de árvore inclinado sobre o rio. Por um instante fiquei ali, pendurado, exausto. Então deixei o cansaço de lado e gastei o que restava das minhas forças para chegar a terra firme. Fiquei deitado de costas, ofegante. Prestando atenção.

Nada. Nenhuma voz. Mas também nenhum som de carro passando pela estrada principal. A essa altura o som dos trovões parecia mais distante e havia parado de chover. Só ouvi o sussurro e o farfalhar das árvores. Me levantei.

De um barranco vi que a cabine telefônica continuava lá. E a estrada principal também, bem iluminada e vazia. Senti um aperto no peito. Mas então, no fim da estrada longa e reta, vi um par de faróis se aproximando. Corri cambaleando para a estrada com pernas que não me levariam muito mais longe. As luzes estavam se aproximando, brilhando no asfalto molhado. Forcei uma corrida e caí quando cheguei à beira da estrada. Fiquei de joelhos e comecei a agitar os braços de olhos fechados por causa da luz ofuscante. O veículo soltou uma série de rangidos enquanto freava, então um forte som de buzina ecoou pela região.

Eu já tinha ouvido aquela buzina antes.

Abri os olhos. Era o caminhão dos bombeiros.

Havia parado uns cinquenta metros à minha frente.

Me levantei de novo.

As portas de ambos os lados se abriram, e eles saltaram. Reconheci todos de imediato. Frank em sua farda vermelha de bombeiro. O delegado McClelland fardado. E Jenny.

— Oi! — gritei. — Meu Deus, vocês não têm ideia de como estou feliz em ver vocês! Tem...

Parei abruptamente quando vi que havia mais gente.

A Sra. Zimmer da biblioteca. O diretor-geral e a Sra. Monroe do Ohlepse? E Lucas, o zelador.

Senti um bolo na garganta.

— De onde vocês vieram? — gritei.

Nenhuma resposta. Notei que eles tinham uma expressão impassível e movimentos robóticos. A última pessoa a sair do caminhão de bombeiros foi Feihta Rice, que acenou com a bengala e começou a vir em minha direção com passos rígidos, como um cachorro velho e cego que havia encontrado um restinho de força.

Me virei e ali, no morro atrás da cabine telefônica, estavam os outros, imóveis, numa postura ameaçadora, como nativos valentes num filme de faroeste. Senti um nó na garganta, tive vontade de deitar e chorar. Talvez tenham sido apenas os resquícios do meu instinto de sobrevivência que me fizeram mais cambalear do que correr em direção à cabine telefônica, entrar e fechar a porta pesada. Fechei os olhos, mas continuei segurando a maçaneta. Ouvi o som de passos e o murmúrio de vozes se aproximando. Alguém puxou a porta, mas consegui mantê-la fechada. Ouvi grunhidos e rosnados, como se estivesse enfrentando uma matilha de lobos famintos. Alguém puxou a porta de novo, dessa vez com mais força. Abri os olhos. Vi os rostos pressionados no vidro em torno da cabine telefônica, como uma galeria de pessoas que eu havia conhecido ao longo da vida. Só faltavam Karen e Solvosse.

— Mãe — sussurrei. — Cadê você? Pai... — O telefone começou a tocar.

Finquei os calcanhares no chão da cabine telefônica, me inclinei para trás e puxei a porta com todas as forças que me restavam, mas, centímetro a centímetro, ela era aberta à força. O telefone parecia tocar cada vez mais alto.

— N-n-não comam tudo — gritou alguém lá fora. — Eu também quero um pouco.

Peguei o telefone e o encostei no ouvido com uma das mãos enquanto tentava manter a porta fechada com a outra.

— Alô — sussurrei.

— Solte — sussurrou uma voz feminina suave. — Solte, Richard, e venha até mim.

— Mas...

Nesse instante senti o fone morder o lóbulo da minha orelha de leve, quase de brincadeira. Tentei me afastar, mas senti que estava preso. Abri a boca para dizer alguma coisa, mas senti algo agarrar a minha língua e puxá-la para fora. Ficou presa no fone, aparentemente sendo devorada pelos pequenos orifícios. Estava acontecendo rápido. Em pouco tempo a minha cabeça desapareceria. Por incrível que pareça, não senti dor, e o medo foi embora. Então soltei a porta. Deixei acontecer o que tivesse que acontecer.

[illegible] Vocês estavam preocupados [illegible] em tomar [illegible] o telefone, como [illegible] havia acontecido [illegible] da vida. Só faltavam [illegible]

— Alô — sussurrei. — Cadê [illegible]

[illegible]

[illegible] o calcanhar [illegible] para trás e pousei a [illegible] consegui [illegible] mesmo [illegible] a [illegible] telefone parecia [illegible] alto.

— Não [illegible] — gritou alguém [illegible] um pouco.

Peguei o telefone [illegible] com uma das mãos [illegible] a porta [illegible] com a outra.

— Alô — sussurrei.

[illegible] — sussurrou uma voz [illegible] — Sou eu, Richard, [illegible] e senti meu [illegible]

— [illegible]

Nesse instante, [illegible] minha orelha de leve, [illegible] de ornamentos [illegible] Nunca vou [illegible], mas sei que escutei [illegible] Abri a boca [illegible] dizer alguma coisa, mas senti [illegible] a minha língua e puxá-la [illegible] sentindo [illegible] pelo [illegible] estava [illegible] rápido. [illegible] um pouco [illegible] não sabia [illegible] porta. Deixei [illegible] acontecer o que tivesse que acontecer.

PARTE TRÊS

29

Luz.

Não muita, mas estava ali, no exterior das minhas pálpebras.

— Está acordando. — A voz soava distante.

Abri os olhos.

O rosto de uma mulher mais velha, emoldurado em azul-claro, olhava para mim. Ela estava sorrindo.

— Como se sente?

Tentei dizer algo, mas a minha língua parecia travada.

— Confuso? — perguntou ela. Estava com uma touca cirúrgica azul-clara e usava a mesma cor da cabeça aos pés.

Fiz que sim com a cabeça.

— Água — disse ela e me entregou um copo. — Tente beber um pouco.

Tomei um gole. Senti um gosto amargo, como se o líquido estivesse dissolvendo a saliva ressecada. O gole seguinte teve um sabor melhor.

— Você se lembra de alguma coisa? — perguntou ela e pegou o copo.

— De ter sido devorado por um telefone — respondi. — Por dois lugares diferentes da cabeça.

Ela sorriu.

— Deve ter sido isso aqui. — A mulher pegou algo de uma mesa atrás dela. Pareciam fones de ouvido com fio, mas com diodos metálicos no lugar dos alto-falantes. — Estavam presos à sua têmpora e à sua testa — explicou. — Agora você se lembra?

Fiz que não com a cabeça.

— É comum ter lacunas na memória após ser submetido a uma sessão de ECT.

— E... C...?

— Eletroconvulsoterapia. — Notei alguns fios de cabelo grisalhos para fora da touca que ela usava.

— Eu recebi... choques elétricos?

— Isso, mas não deve ter sentido nada, você estava totalmente anestesiado.

— Onde eu estou?

— No Hospital Ballantyne.

— Não tem hospital em Ballantyne.

— Não conheço nenhuma *cidade* chamada Ballantyne, Richard. Como você sabe, o nosso hospital se chama Robert Willingstad Ballantyne. Você se lembra disso ou essa informação também desapareceu por enquanto? — Ela deu um tapinha na minha mão. — Ela volta já, já.

Pisquei os olhos. Estava confuso — era como se uma névoa matinal pairasse sobre a minha memória —, mas ao mesmo tempo era como se eu sentisse o sol que em breve queimaria uma parte desse véu.

— Eu conheço esse Robert?

— Não, ele morreu faz muito tempo.

— Então por que eu lembraria o nome dele?

— Bem, porque você está aqui... há algum tempo.

— Hã? Quanto tempo?

Ela prendeu um espirro. Quando voltou a sorrir, foi com uma leve expressão de tristeza.

— Quinze anos.

Tomei banho e troquei de roupa no quarto. Era um lugar bem simples: uma cama, uma mesa, um guarda-roupa, banheiro. Na verdade, era como um quarto de hotel. As lacunas na minha memória começaram a ser preenchidas. Entre outras coisas, lembrei que passei por uma sessão de eletroconvulsoterapia para me *ajudar* a esquecer. Não tudo, só algo muito específico, uma memória traumática. O tratamento parecia estar funcionando. Embora agora eu conseguisse me lembrar de tudo ao meu redor — do que tinha feito no dia anterior e do que deveria fazer mais tarde naquele dia —, não era capaz de me lembrar de nada sobre essa suposta memória traumática. Olhei pela janela. O sol brilhava num céu azul sobre uma paisagem aberta e sinuosa, com gramados verdes que se estendiam entre prédios de tijolos até um bosque. Dali, o lugar parecia mais um campus universitário do que um hospital. Era familiar, claro. Afinal, eu morava ali havia quinze anos. Então, do que mais eu também parecia me lembrar? Do telefone que comeu um colega de turma que nunca tive. Dos intervalos que passei com uma garota no terraço de uma escola onde nunca estudei. Da velha casa numa floresta que eu nunca visitei. Do homem num lixão onde eu nunca estive. Tudo isso tinha sido apenas um sonho? Ou eram resquícios de um transtorno delirante? Talvez eu tivesse vivido tudo isso, talvez essas fossem as memórias que eles estavam tentando apagar.

Quando desci para almoçar no refeitório, encontrei o zelador trocando uma lâmpada na entrada do elevador.

— O senhor parece bem, Sr. Jonasson — disse ele.

O zelador da ala residencial do hospital me chamava de "senhor" desde que eu havia chegado, ainda adolescente. Sempre enxerguei essa forma de tratamento como uma mistura de leve brincadeira e profissionalismo antiquado, por isso nunca pedi que ele me chamasse pelo nome.

— Obrigado, Lucas — falei. — O que você está lendo no momento?

— *Graça infinita*, de David Foster Wallace — respondeu Lucas, que estava sempre lendo alguma coisa e às vezes me emprestava os livros depois.

— E você me recomenda a leitura?

Lucas olhou pensativo para a lâmpada queimada.

— Sim e não. Posso encontrar outra coisa para o senhor, Sr. Jonasson.

No refeitório, eu me servi de um prato de arroz frito.

— Hoje está bom, mas vai com calma — disse o cozinheiro, em geral um homem de poucas palavras, do outro lado do balcão, com seu forte sotaque tcheco. Presumi que ele havia notado que eu tinha pegado mais que o normal, provavelmente porque tive que fazer jejum antes da anestesia.

Sorri.

— Obrigado pelo aviso, Victor.

Muitos pacientes que tomam medicamentos antipsicóticos engordam. O cérebro e o corpo pedem mais, muito depois de eles já terem comido o suficiente. É o que acontece com Jack, que vive num efeito sanfona de acordo com o medicamento que toma. Felizmente nunca tive esse problema, provavelmente porque como de forma matemática. Pego o que sei que o meu corpo precisa, não o que ele tenta me convencer de que precisa. Não que eu ainda ouça vozes, ao contrário de muitos dos meus colegas pacientes com diagnóstico de esquizofrenia. Mas também sei que preciso manter o controle do corpo e da mente, uma das primeiras coisas que aprendi quando comecei a TCC, a terapia cognitivo-comportamental.

Levei a bandeja até uma mesa vazia que Vanessa estava terminando de limpar.

— Prontinho — disse ela no mesmo tom e sotaque de Victor.

Sempre achei que Victor a havia contratado dois anos atrás para ter alguém com quem conversar no mesmo idioma.

Comi devagar, pensando na minha consulta da uma da tarde enquanto observava o gramado bem cuidado e o bosque.

— E-e-está ocupado?

Ergui o olhar.

— Pode ficar à vontade.

Tom colocou a bandeja em frente à minha e puxou uma cadeira.

— T-t-tratamento de choque?

— É. Mas como você...?

Ele apontou para as próprias têmporas.

— Dá para ver. Raspam o cabelo nas áreas onde colocam os eletrodos.

Fiz que sim com a cabeça. Diziam que Tom era o paciente com mais sessões de ECT. Só chegavam a esse ponto se você fosse psicótico e se outros recursos — como medicamentos e terapia — não funcionassem. Tom diz que uma vez passaram uma corrente elétrica pelo cérebro dele sem anestesia e descreveu a sensação com tantos detalhes que tive pesadelos nas noites anteriores à minha primeira sessão de ECT.

— Não sabia que você ainda era psicótico — comentou Tom. — Não estavam falando até de te dar alta?

Fiz que sim com a cabeça de novo. Era verdade, eu estava melhor. Muito melhor. As pessoas pensam que os esquizofrênicos não são capazes de melhorar. Na verdade, a maioria das pessoas que se tratam melhora. Algumas ficam muito melhores, e algumas chegam a ficar completamente livres dos sintomas. Isso não quer dizer que os sintomas não possam reaparecer, mas, como diz a minha terapeuta: "Todo dia bom é uma dádiva, seja você um paciente ou o presidente."

— É para o TEPT, não para psicose — falei.

— TEPT... Também tenho isso — disse ele rápido, num tom quase de orgulho, como se fosse um título honorário.

De certa forma — de uma forma bem estranha — provavelmente era mesmo. Num lugar onde o foco cotidiano está nos sintomas, muitas vezes acabamos competindo para chegar ao diagnóstico mais interessante, raro e pior possível. Se é para estar fodido, é melhor estar bastante fodido. Não que o TEPT — transtorno de estresse pós-traumático — seja raro entre pessoas esquizofrênicas. Segundo pesquisas, pessoas que sofreram um trauma — guerra, violência ou abuso seguido de TEPT — têm mais propensão a desenvolver esquizofrenia. Li um estudo genético que mostra que os genes associados ao TEPT coincidem com os que aumentam o risco de esquizofrenia, segundo a definição do *Manual diagnóstico e estatístico de transtornos mentais*. Em resumo: concluí que, se você passa por um trauma grave e tem histórico de esquizofrenia na família, está numa situação complicada. E essa conclusão não se baseia apenas no que eu li.

— Começaram a me dar choques para apagar memórias traumáticas — expliquei.

— Você está b-b-brincando — disse Tom.

— Não, ele não está — interveio Jack, que havia se sentado à mesa. Estava em sua versão mais esbelta e pouco medicada. — Fazem isso há quase dez anos. Começaram com camundongos e agora fazem com humanos. Somos praticamente iguais, sabiam? Por quantas sessões você já passou?

— Quatro — respondi.

— Está funcionando?

— Não lembro.

Os dois riram.

— É, acho que você não vai conseguir se lembrar do que esqueceu — disse Jack, comendo arroz frito.

— Estou brincando — falei. — Eu lembro. Mas é como se a memória estivesse meio que se desfazendo, desaparecendo, tipo...

Cutuquei a comida. Notei que Jack parecia incomodado.

— Tipo...? — disse ele. Jack era o tipo de pessoa que não suportava partidas de xadrez inacabadas ou coisas assimétricas. E também frases incompletas.

— Uma névoa matinal — respondi e percebi que ele se acalmou.

Jack dizia que não era esquizofrênico, e sim esquizotípico, versão mais branda da esquizofrenia, e que, portanto, não sofria de alucinações, delírios ou surtos paranoicos. Também não ouvia vozes nem ficava agressivo, e não era uma estátua muda e imóvel que passa a vida olhando para o nada, como Harry. Pelo contrário: Jack dava graças por ser louco na medida certa, loucura essa que, dizia, o levaria a ser um pintor, escritor ou coreógrafo mundialmente famoso e faria todas as mulheres do mundo se atirarem aos seus pés. Porque, segundo as pesquisas — que ele chegou a nos mostrar —, o transtorno de personalidade esquizotípica não estava apenas fortemente relacionado à criatividade e à capacidade artística mas também à atratividade e à capacidade de atração sexual.

Depois do almoço, calcei os tênis e fui correr. Fiz o caminho de sempre, passando por trás do bloco principal até chegar ao velho portão de ferro forjado com as iniciais H. P. B. Diziam aos visitantes que era Hospital Privado Ballantyne, mas nós que morávamos ali fazia um tempo sabíamos que o P era de Psiquiátrico. Corri por dez, doze minutos pela pista, entrei no bosque e saí à beira do gramado que dava para a entrada do bloco principal. Correndo pelo bosque percebi que não conseguia me reconhecer. Não me preocupei, sabia que as lacunas que apareciam após a sessão de ECT em geral eram preenchidas alguns dias depois. Pelo menos, as partes que não *queríamos* apagar. Mas, por um momento terrível, quando saí do bosque e vi o bloco principal, pensei que tinha sofrido uma recaída, que tudo aquilo não passava de uma alucinação.

Então me lembrei e o meu pulso desacelerou.

O prédio tinha um estilo denominado gótico colegial, com uma parte central de quatro andares e alas laterais mais baixas. As cumeeiras eram dois chifres. Algumas pessoas a chamavam de Casa da Noite porque, ao acordar, muitos pacientes — como eu — achavam que os anos que haviam se passado desde a chegada ali tinham sido um sonho. Sob o sol brilhante, era um prédio bonito e acolhedor, mas mesmo assim, por algum motivo, senti um calafrio ao observá-lo. Talvez tivesse a ver com o que sonhei enquanto estava anestesiado. Voltei correndo, tomei banho e me preparei para a sessão de terapia. Senti a frequência cardíaca acelerar de leve. Isso sempre acontecia quando eu tinha consulta com minha terapeuta.

— Como está se sentindo hoje, Richard?

— Bem.

— Me disseram que a sessão de ECT correu bem.

— Pois é.

A terapeuta tirou os olhos do caderno, afastou a franja curta infantil e tirou os óculos de leitura. Estávamos sozinhos. Como sempre, estávamos na sala de terapia, um lugar amplo e arejado, mobiliado como uma aconchegante sala de estar. Ela mexeu na presilha rosa de cabelo que usava como marcador de página e fixou os olhos azuis em mim. Abriu aquele sorriso solar que faz você sentir não só que ela vê você mas que ela *só* vê você. Não é preciso ser esquizofrênico para ter esse tipo de ilusão. A ideia de se apaixonar pela terapeuta, quando ela tem uma idade parecida com a sua e não é feia, é tão comum que, na verdade, parece estranho o paciente *não* se sentir assim. Karen Taylor preenchia todos os critérios e, infelizmente, não havia nada de errado comigo. Eu estava perdidamente apaixonado. E era tão irremediavelmente estúpido que às vezes me permitia imaginar que o sentimento era recíproco, que a integridade profissional dela era a única coisa que a obrigava a se reprimir. Isso apesar de ela ser minha terapeuta há quase quatro anos e conhecer os recantos mais imundos e revoltantes do porão da minha mente. A única coisa que posso dizer em minha defesa é que o fato de eu ser tão suscetível foi culpa dela, porque foi ela quem me fez crer que posso ser amado por ser quem eu sou. Mas mantenho essa crença mesmo que ela seja só fruto da minha imaginação, porque é verdade o que está escrito no bordado emoldurado na parede atrás dela, que diz que "ricos são os amados". Sim, os amados são mais ricos, mais alegres, mais saudáveis.

— Veja aonde você chegou — disse ela. — Você se lembra de quando começamos?

Fiz que sim com a cabeça. Claro que houve contratempos ao longo do caminho, mas o progresso era inegável. Provavelmente eu precisaria tomar remédios pelo resto da vida, mas as doses seriam tão baixas que os efeitos colaterais seriam mínimos. Karen havia conversado com o diretor médico e concluído que, se conseguissem apagar a memória traumática que estava na base do diagnóstico de TEPT, o risco de eu voltar a ter um surto psicótico diminuiria. Em resumo, eu poderia receber alta.

Era isso que eu queria?

O dilema era óbvio. Aquele era o meu lar desde a adolescência, eu nunca havia trabalhado, não tinha qualquer qualificação, nunca tive namorada nem aprendi as regras do convívio social lá fora. Havia herdado um bom dinheiro da minha família por parte de pai e, com ele e a renda que tinha de um apartamento que alugava, podia ficar num hospital particular como o Ballantyne. Então, que utilidade eu teria lá fora? Eu tinha começado a enxergar o papel de paciente como meu trabalho, minha contribuição para a sociedade. Eu garantia empregos e me colocava à disposição para testar novos métodos de tratamento contra os aspectos mais desagradáveis da esquizofrenia. Além disso, quando dizem que é possível medir a qualidade da sociedade pela forma como ela trata os seus membros mais vulneráveis, alguém precisa se voluntariar para ser o mais vulnerável, não?

Claro que isso não passava de uma racionalização, a construção de uma realidade em que eu tinha motivo para estar vivo, me levantar de manhã, comer a comida que era posta à minha frente, viver mais um dia. Quando eu pensava na minha utilidade lá fora, me perguntava se não era melhor ficar ali dentro e ser usado para ensinar à psiquiatria de que forma a psicoterapia, combinada com ECT, poderia ser usada para apagar lembranças traumáticas induzidas pela psicose. Muito resumidamente, o método consistia em eu fazer um relato completo e detalhado do trauma e, pouco depois, ser anestesiado e receber algumas descargas elétricas. É verdade que o método já tinha dez anos, mas os médicos e os cientistas ainda não sabiam nem entendiam muita coisa a respeito dele.

— Estávamos aqui hoje de manhã, antes da sua sessão de ECT — disse Karen. — Lembra?

— Não. Mas vi no calendário do meu quarto, então sei que aconteceu. Por outro lado, eu me lembro de tudo que aconteceu ontem, semana passada e ano passado. Pelo menos acho que lembro.

— Você se lembra de alguma coisa de hoje, antes de acordar da anestesia?

— Lembro. De muita coisa.

— Ah, é? Pode me dar um exemplo?

— Eu estava em uma reunião de turma na escola em que estudei depois do incêndio.

— Você se lembra de ter estudado numa escola depois do incêndio?

— Não, foi só um sonho.

— Você só está dizendo isso para eu não achar que os delírios voltaram?

— O fato de eu ser esquizofrênico não significa que não sonhe, como qualquer pessoa.

Karen deu uma risadinha.

— Certo, continue.

Eu sabia que Karen confiava em mim, porque durante muito tempo demonstrei que não mentia, que a convidava a entrar na minha mente e me abria completamente. Ela dizia que o autoengano é uma forma de se proteger da dor e que a minha honestidade era sinal de que eu estava mais forte, mais saudável, mais resiliente.

— Primeiro eu sonho que sou mandado para uma cidadezinha e passo a morar lá depois que os meus pais morrem num incêndio. Então um dos meus colegas de turma na escola é comido por um telefone e outro se transforma em inseto. E todos, menos a garota por quem estou apaixonado, acham que sou o responsável. E... — engoli em seco — ... eles têm razão. É culpa *minha*. Mas então, no fim, eu salvo a garota.

Karen anotou algo. Imaginei que fossem as palavras “culpa minha”.

— E o sonho acaba aí?

— Não. De repente, quinze anos se passaram, e sou um escritor que inventou toda essa coisa do telefone e de pessoas desaparecendo e que essa primeira história agora é um thriller infantojuvenil de sucesso. É como se eu estivesse sonhando que estava sonhando, se é que me entende.

— *Um sonho dentro de um sonho*. Edgar Allan Poe.

Sorri. Ela gostava de livros, era uma das coisas que tínhamos em comum.

— Exato. Enfim, quinze anos se passaram, e eu volto à cidade para uma reunião da turma da escola. A noite começa normal, mas aos poucos umas bizarrices começam a acontecer, e percebo que as coisas que inventei no livro eram verdade. Ou que estou vivenciando como se fosse real. E todos eles estão atrás de mim. Querem me comer.

— Você acha que é um sonho dentro de um sonho ou que no sonho está tendo um surto psicótico?

— Não sei, porque é tudo em primeira pessoa e parece real. Uma vez você me disse que o sonho pode fazer as pessoas entenderem o que é ter um surto delirante.

— Em parte, sim. No sonho, assim como no delírio, aceitamos a quebra das leis da física, paradoxos impossíveis, contradições internas.

— Foi exatamente assim. Só que, de alguma forma, tinha um sentido. Uma lógica, sabe?

— Que tipo de lógica?

— Que... — Parei. Era como se eu só tivesse refletido sobre o sonho até esse ponto. Mas então continuei: — Que eu era culpado. Que todos estavam atrás de mim porque eu tinha culpa.

— Culpa de quê, Richard?

— De tudo. — Escondi o rosto entre as mãos. — Sei que esse papo de todos estarem atrás de mim é uma paranoia clássica, mas é normal ser um *pouco* paranoico no sonho, certo?

Tenho quase certeza de que em algum lugar daquele caderno ela havia escrito as palavras "esquizofrênico paranoico", que foi o meu diagnóstico original.

— Claro — disse Karen. — A maioria das pessoas tem sonhos paranoicos de vez em quando.

— Você também?

Ela esboçou um sorriso, tirou os óculos de leitura e os limpou. Por fim, disse:

— Vamos dar uma olhada na sua memória traumática, Richard?

— Certo.

— Não vamos cavar muito fundo, porque não é nossa intenção recuperá-la, e sim apenas verificar se a sessão de ECT de hoje apagou um pouco mais dela.

— Certo.

— Você pode resumir para mim o que lembra em relação ao incêndio?

O incêndio. Tive que parar e pensar. Claro que eu lembrava que tinha a ver com um incêndio, mas, por incrível que pareça, por um instante tive um branco total. Mas então lembrei.

— Nós colocamos fogo na casa — falei.

— "Nós"?

— Eu e os gêmeos. Aí fugimos. As raízes do carvalho tentaram nos capturar. Só me salvei porque o portão era eletrificado e me agarrei a ele. Mas então fui erguido do chão e arrastado em direção à árvore. Felizmente, Frank e o agente Dale apareceram na hora H e me salvaram.

— Frank e Dale? — perguntou Karen enquanto fazia anotações.

— Isso.

— Isso é tudo?

— Você disse que queria a versão resumida.

— Sim, certo — disse Karen, mas percebi a preocupação que ela se considerava tão boa em esconder. — Só que não é nesse incêndio que eu estava pensando.

— Não? Ah, está falando do incêndio que eu provoquei perto do lixão onde morava com Frank e Jenny?

— Frank e Jenny — repetiu ela calmamente, e só percebi que a minha última frase a incomodou porque ela encolheu os ombros num gesto quase imperceptível.

— Relaxa, Karen. Não estou delirando, só estou falando dos meus sonhos. É a única lembrança que tenho de qualquer incêndio.

Houve um leve baque quando a caneta dela bateu no piso de parquê, mas ela não pareceu notar.

— Isso é verdade, Richard?

— Por que eu mentiria?

A resposta a essa pergunta era tão óbvia quanto verdadeira. "Para agradar você, Karen Taylor. Porque eu faço de tudo para te ver sorrir."

Eu me abaixei, peguei a caneta e entreguei a ela. Aos poucos ela relaxou os ombros e um sorriso de... bem, um sorriso quase de felicidade tomou conta de seu rosto.

— Quer saber, Richard? Acho que estamos indo bem. Acho que estamos indo *muito* bem. Se importa de esperar um minuto enquanto vou ali fora buscar os outros?

Fiz que sim com a cabeça. Os outros eram a equipe de terapeutas, psiquiatras e psicólogos que trabalhavam duro com os pacientes. Porque, como diziam, a mente humana é complexa demais para achar que só uma pessoa vai tirar todas as conclusões corretas.

Enquanto ouvia os passos dela se afastarem pelo corredor, notei que tinha deixado o caderno na cadeira. Ela nunca o havia abandonado antes. Bem, ela nunca havia *me* abandonado antes em nenhuma sessão ao longo desses quatro anos. Isso por si só já me dizia que era um dia especial. Claro que eu estava me perguntando o que iria acontecer; porém, mais que isso, eu estava me perguntando o que Karen tinha escrito naquele caderno ao longo dos anos. Como ela sempre usava o mesmo caderno, eu reconhecia cada ranhura e cada nuance daquela capa de couro marrom. Quantas vezes eu havia fantasiado sobre o que ela escrevia de mim? Uma coisa eram os relatórios estritamente profissionais que ela redigia no computador após cada sessão. Mas o caderno era outra história. Ali deviam estar seus pensamentos e suas reflexões pessoais e privadas sobre os pacientes. Ou não? Será que ela havia revelado algo sobre si mesma naquele caderno?

Hesitei por um segundo.

Então me inclinei, peguei o caderno, abri na página que estava marcada pela presilha rosa de cabelo e comecei a folheá-lo. Não que eu esperasse encontrar nada muito direto, como aquelas adolescentes que escrevem “Eu amo o Kurt Cobain” no diário, mas eu sabia por experiência própria que, quando simplesmente se começa a escrever sem pensar, as ideias inacabadas que vão parar no papel muitas vezes revelam mais que as que são formuladas com todo o cuidado. Por isso mesmo fiquei decepcionado quando percebi que as anotações dela mantinham o tom profissional dos relatórios que ela permitia que eu lesse quando pedia.

> *Estado atual: R. J. está bem-vestido, faz bons contatos formais e informais. Está ciente do tempo, do lugar e da situação. Nenhum sinal de déficit de realidade ou alucinação. Espectro de humor normal. Boa habilidade verbal.*

Li mais algumas páginas. Tive a sensação de estar lendo algo familiar — era como ver as minhas próprias fotos.

> *11 de abril, 11h15: R. J. se mostra descontraído, divertido e encantador ao falar de sua corrida. Quando retomamos o assunto de ontem e falamos outra vez da infância, R. J. repete que tinha um relacionamento harmonioso e amoroso com o pai e a mãe antes de o pai adoecer. A linguagem corporal e o humor de R. J. são neutros e contidos, mas, como sempre, mudam quando chegamos ao incêndio. É uma melhora em relação ao início da terapia (quando ele afastava o olhar, fazia silêncios prolongados e dava claros indícios de alucinação). A linguagem corporal e a voz ainda apresentam sinais de estresse, mais nas descrições do que aconteceu com os pais do que no perigo que ele próprio correu. Não tenho dúvidas de que esse incidente desencadeou muitos dos problemas de R. J. e que ainda há muito a fazer para eliminar esse trauma. A ECT é uma opção? Recomendo à equipe que voltemos a considerar essa possibilidade. Talvez R. J. se torne capaz de falar sobre o incidente com mais riqueza de detalhes, porque neste momento ele parece apenas repetir*

o que disse antes, sentindo a mesma dor, mas sem apresentar nenhuma perspectiva nova.

Quando soltei a presilha de cabelo que prendia algumas páginas, caíram duas folhas A4 dobradas. Abri ambas e vi que tinha coisas escritas na frente e no verso. O título era: "O incêndio." Li as primeiras frases e fiquei surpreso por não me lembrar do conteúdo nem de ter escrito aquilo. Mas não tive dúvida de que era a minha caligrafia. Hesitei. Percebi o risco que estava correndo. A terapia cognitivo-comportamental, o tratamento de choques elétricos: tudo poderia ir por água abaixo se eu lesse aquelas folhas. Por outro lado, eu só conseguiria ter provas de que os tratamentos estavam funcionando, de que havia de fato apagado as memórias indesejadas, se lesse aquilo.

Fechei os olhos. Respirei fundo. Reabri as folhas.

O incêndio

Quando eu tinha 13 anos, papai ficou tão doente que comecei a me preocupar com ele. Antes disso, ele já havia se comportado de um jeito estranho durante uns períodos, mas daquela vez começou a ter alucinações. Entre outras coisas, papai acusava mamãe de fazer orgias quando ele estava fora, de levar desconhecidos — homens e mulheres — da rua para casa. E de vender as coisas dele para essas pessoas. Como prova, ele citava ternos, relógios, instrumentos musicais, rádios e até carros que nunca teve e que, segundo ele, tinham sumido. Em outros dias, ficava sentado, totalmente imóvel, olhando para a parede por horas sem dizer uma palavra ou comer nada, e isso era quase tão ruim quanto os episódios de alucinação. Nessas ocasiões, eu temia ter perdido papai. Mamãe tentava interná-lo, mas a família dele impedia, dizia que outros membros da família com as mesmas tendências "excêntricas" tinham se virado bem, só precisavam de um descanso. E dizia que interná-lo num hospício seria uma vergonha desnecessária para a família.

Certa noite, papai me acordou e disse que as vozes contaram para ele que nós éramos gêmeos siameses, que nascemos unidos pelo quadril e fomos separados. E que eu parecia mais jovem porque o gene do envelhecimento estava no corpo dele, por isso eu demorava muito mais a envelhecer. Ele me mostrou uma cicatriz no quadril como prova, e, quando eu disse que não tinha cicatriz, ele não acreditou e me fez tirar a calça do pijama para comprovar. Mamãe acordou com o barulho, entrou no quarto e não entendeu o que viu. E, mesmo quando expliquei o que estava acontecendo e disse que papai nunca, jamais havia tocado em mim — muito menos do jeito que ela estava imaginando —, percebi que ela não ficou convencida.

Dias depois, mamãe me contou que papai havia batido nela e a ameaçado com uma faca. A polícia foi lá em casa e o levou embora, mas iria soltá-lo, a menos que ela prestasse queixa. Minha avó paterna a aconselhou, quase em tom de ameaça, a não fazer isso. Eles concordaram que papai voltaria para a casa da vovó e do vovô e ficaria longe de nós até melhorar. Mamãe trocou a fechadura da porta do nosso apartamento e, quando perguntei o motivo, ela disse que papai nunca iria melhorar — bastava olhar para os dois tios dele. Quando perguntei o que havia acontecido com eles, mamãe disse que era melhor eu não saber.

No dia seguinte, papai foi ao nosso apartamento. Conseguiu entrar no prédio, mas, quando chegou ao nosso apartamento no nono andar e descobriu que as fechaduras tinham sido trocadas, ficou furioso e começou a esmurrar e chutar a porta.

— Eu sei que vocês estão aí! — berrava ele. — Me deixem entrar! Richard, está me ouvindo?

Mamãe e eu estávamos na cozinha, perto da porta do apartamento. Ela me envolveu com os braços e tapou minha boca.

— Não responde — sussurrou, com voz de choro.

Ele continuou esmurrando a porta.

— Eu sei que a sua mãe não vai me deixar entrar, Richard, mas você, Richard, você vai! Você é a minha carne e o meu sangue! Essa é a minha casa, e eu fiz para você!

Tentei me soltar, mas a mamãe me segurou forte. Após dez minutos de pancadas, chutes e berros, ele gritou, num tom de choro:

— Lixo! Richard, você é um lixo! Sua mãe vai queimar no inferno, e não tem nada que você possa fazer. Porque você é pequeno, fraco e covarde. Você é um lixo. Está me ouvindo? Você é um lixo. E vai me deixar entrar.

Passou-se quase meia hora até ouvirmos os gritos e os xingamentos começarem a se afastar enquanto ele ia embora pelo corredor do prédio.

Mamãe ligou para a vovó e contou o que tinha acabado de acontecer, e ela disse que pegaria alguns remédios com o médico da família, que sabia o que havia de errado com papai e saberia cuidar dele.

Mas apenas dois dias depois papai estava de volta à nossa porta.

— Vocês dois vão queimar! Esse apartamento é meu e o menino é a minha carne e o meu sangue! A minha carne e o meu sangue!

Alguns vizinhos saíram dos apartamentos, e ouvimos vozes no corredor. Eles conseguiram acalmar papai e o tiraram do prédio. Eu estava na janela quando o vi atravessar a rua para ir embora. Ele parecia pequeno e solitário lá embaixo.

Naquela noite, tive um pesadelo. Eu não existia como pessoa, era apenas uma protuberância nas costas do papai. O mais esquisito foi que eu me juntei a papai enquanto ele esmurrava a porta e gritava com a mamãe. Senti o desespero dele, a raiva, o medo, talvez porque o amava e admirava mais do que qualquer outra coisa no mundo, embora também amasse a mamãe. É difícil identificar exatamente o que eu tanto admirava nele: papai era um homem comum, um corretor de seguros trabalhador, sem grandes talentos, fora a capacidade de enfiar dois dedos na boca e assobiar mais alto que qualquer pessoa que conhecia. Era de família rica, mas acho que foi uma decepção. Mesmo assim, para mim ele ainda era a pessoa mais importante do mundo. Mais que tudo, eu queria a aprovação dele, provavelmente por isso sempre fazia tudo que ele mandava, sem questionar. Igual a um cachorro bem treinado, como dizia a mamãe. Mas talvez tenha havido outra razão para, pelo menos no sonho, eu ficar do lado do papai, embora obviamente fosse errado. Eu sabia que mamãe o havia traído, que ela havia tido um caso com o chefe no ano anterior; eles trabalhavam juntos na biblioteca perto da escola. Um dos garotos da minha turma me contou que viu os dois se beijando entre as estantes, disse que mamãe era uma puta. Dei um soco nele e fui mandado para a temida porta vermelha, a sala do diretor. Mas não foi tão ruim, eu só fiquei sentado fingindo ouvir enquanto ele me dava um sermão; eu mesmo não precisei dizer nada. Também não disse nada ao papai quando voltei para casa. Mas contei para a mamãe que a história estava correndo na escola, e ela chorou e admitiu o caso com o chefe, mas disse que agora estava tudo acabado. Como que para provar, no jantar ela anunciou que havia pedido demissão no trabalho e estava cumprindo aviso-prévio. Papai ficou surpreso e disse que ela parecia feliz na biblioteca. Depois acrescentou, como que para consolá-la, que o importante era que ela estivesse feliz no trabalho. Ela sorriu, e eu baixei a cabeça, segui mastigando a comida e resisti ao impulso de abraçar o papai.

Na noite em que papai colocou fogo no apartamento, eu estava deitado na cama ouvindo os sons da cidade. Adorava as sirenes da polícia. Aquela nota que subia e descia quase num tom de lamento sempre me deixava arrepiado porque anunciava que algum drama estava acontecendo. Ao mesmo tempo, era o som da segurança, porque significava que a polícia estava a par da situação, que tudo ficaria bem, que eles estavam de olho. Era isso que eu queria fazer, ficar de olho. Eu queria ser policial, de preferência agente do FBI, com direito a viatura, luzes azuis no teto e uma sirene que cantasse uma canção de ninar para os moradores da cidade.

Quando acordei, no começo achei que era uma sirene, mas depois percebi que era o telefone do corredor.

Fiquei deitado por um tempo até perceber que mamãe não atenderia. Talvez estivesse apagada por causa dos remédios que o médico havia receitado depois que ela expulsou papai de casa. Parou de tocar, mas, quando eu estava voltando a dormir, recomeçou. Senti o coração acelerar. Claro que eu sabia quem era. Me levantei e fui de fininho até o corredor, evitando encostar os pés inteiros no chão gelado. Atendi.

— Alô? — sussurrei.

Ouvi som de respiração ao telefone.

— Richard, meu garoto. — Era a voz aguda, quase feminina, do papai. — Você quer destrancar a porta.

— Destrancar?

— Eu quero entrar. E você quer abrir.

— Papai...

— Shhh. Você é o meu garoto. Você é a minha carne e o meu sangue e vai fazer o que eu disser.

— Mas...

— Nada de "mas". Eu estou melhor agora, só que a sua mãe não entende, não quer ouvir. Mas eu tenho que falar com ela, para ela perceber que nós três temos que ficar juntos. Somos uma família, não somos?

— Sim, papai.

— Sim, papai, o quê?

— Sim, papai, somos uma família.

— Maravilha. Então destranque a porta e volte para a cama. Quando você acordar amanhã de manhã, sua mãe e eu já teremos resolvido a situação, vamos tomar café da manhã juntos, e tudo vai voltar a ser como antes.

— Mas você...

— Estou tomando o remédio, minha cabeça está mais calma, estou melhor. Destranque a porta e volte para a cama, Richard, você tem aula amanhã.

Fechei os olhos. Imaginei o café da manhã. Eu estava sentado na minha cadeira à mesa da cozinha olhando para o prédio do outro lado da rua. O sol ainda estava escondido atrás dele, mas dava uma aura que ganhava força aos poucos, enquanto mamãe e papai trocavam frases curtas sobre coisas práticas do dia a dia. Família. Amor. Segurança. Pertencimento. Sentido.

Depois disso me lembro de estar deitado na cama. Eu tinha acabado de acordar de um sonho no qual mamãe, papai e eu estávamos num carro, atravessando uma floresta, a caminho de uma prisão onde iríamos visitar um dos tios do papai. A estrada era coberta de poeira, o para-brisa estava sujo, e eu sentia o cheiro de fluido de limpador de para-brisa. Permaneci na cama, apenas ouvindo. Ainda sentia o cheiro do fluido quando ouvi alguma coisa tombar, talvez uma cadeira. Saí de fininho da cama e fui para o corredor. O cheiro de bebida invadiu minhas narinas, e, quando pisei descalço no piso de parquê, senti que ele estava úmido e grudento. A porta do quarto da mamãe estava aberta, e uma luz saía de dentro dele. Avancei na ponta dos pés e espiei.

De fato, havia uma cadeira tombada no chão. E acima dela estava mamãe, pendurada. Quer dizer, ela estava girando devagar com os pés descalços apontados para o chão, tentando tocá-lo. A camisola branca e transparente estava empapada e pingando, plec, plec, plec, plec. Como o corpo estava girando, de início eu a vi de costas e notei que as mãos estavam amarradas. Então ela se virou de frente, e eu olhei para cima. O cabelo estava grudado no rosto, como se ela tivesse pegado chuva. A boca estava tapada com silver tape. Os olhos estavam abertos, fixos, mas eu sabia que não viam nada. A corda em volta do pescoço estava presa ao teto, no mesmo gancho em que a lâmpada estava pendurada. Eu nunca tinha visto um cadáver, mas, com a mesma certeza de que eu estava vivo, eu soube: mamãe estava morta. Senti um nó na garganta, mas quando vi a pequena chama amarela consegui me forçar a dizer:

— Não, papai, não faz isso.

Papai se virou lentamente ao lado da mamãe e me encarou com olhos de sonâmbulo. Um sorriso gentil tomou conta do rosto dele.

— Mas, meu garoto, eu já falei: para matar de verdade, é preciso fazer duas vezes. Senão eles voltam.

Ele ergueu o isqueiro, e a chama lambeu a ponta da camisola da mamãe. Ouvi um leve ruído, como se todo o ar tivesse sido sugado do cômodo. O corpo dela estava todo em chamas. Mal dava para distingui-lo no fogo. As chamas começaram a pingar no chão, que também pegou fogo. Recuei olhando para as chamas que avançavam em minha direção pelos pavios formados por rastros de bebida alcoólica como longos dedos amarelos e azuis. Eu não queria recuar — queria entrar, pegar o cobertor, enrolar o corpo da mamãe e apagar o fogo. Mas meu corpo não me obedeceu. Porque, como sempre, o papai estava certo. Eu era covarde. Fraco. Um lixo. Então recuei. Atravessei a porta e voltei para o corredor enquanto as chamas famintas rastejavam atrás de mim, até que abri a porta do meu quarto, entrei e deixei todo o resto do lado de fora. Tapei os ouvidos, fechei os olhos e gritei.

Não sei por quanto tempo fiquei assim, mas, quando senti a onda de calor no rosto e no corpo, abri os olhos e vi o papai à porta, com o corredor em chamas atrás dele. Parei de gritar, mas o grito continuou, e levei um instante para perceber que não era um grito, e sim o alarme de incêndio. Papai entrou, fechou a porta, se agachou na minha frente e segurou os meus ombros. Lá fora, o alarme passou de um lamento contínuo para um berro intermitente. Entre os berros, eu ouvia o som das chamas, um crepitar cada vez mais alto, como se milhares de larvas estivessem devorando um cadáver.

— Esse era o único jeito — disse o papai num tom tranquilo, o mesmo que usou quando me disse que eu tinha que deixar o médico da escola me dar uma injeção e quando me explicou que não podia me levar ao cineclube para assistir ao filme A noite dos mortos-vivos, *porque mamãe não tinha deixado. — Eu fiz o que as vozes mandaram, e elas sabem o que é melhor.* Você *entende, não é?*

Fiz que sim com a cabeça. Não *porque entendesse, mas porque não queria que o papai pensasse que eu não o entendia, não estava do lado dele. Ele me puxou para perto.*

— Você também ouve as vozes? — sussurrou ele no meu ouvido.

Eu não sabia se devia fazer que sim ou que não com a cabeça. Ao longe, comecei a ouvir um som entre os berros do alarme de incêndio. Não eram vozes, e sim sirenes.

— Ouve? — repetiu ele, me sacudindo de leve.

— O que elas estão dizendo?

— Você não ouve? Estão dizendo que vamos voar para longe. Você e eu vamos voar para longe, como... como dois vaga-lumes.

— Para onde? — perguntei, tentando reprimir o choro que estava abrindo caminho entre o peito e a garganta.

Papai tossiu. Então se levantou, afastou as cortinas e abriu as duas folhas da janela, que tinha um suporte central. Imediatamente senti uma lufada de ar frio noturno no rosto, como se o apartamento estivesse prendendo a respiração. Ele olhou para o céu.

— Você não consegue ver porque estamos em uma cidade — explicou ele. — Mas sabe de uma coisa, Richard? Lá em cima existem milhões como nós. Vaga-lumes, congelados no tempo. Estrelas. Elas brilham e mostram o caminho. Ninguém pode pegá-las. Vem comigo.

Ele subiu no parapeito, se agachou e me estendeu a mão. Fiquei parado à porta.

— Vem! — repetiu ele, voltando a usar aquele tom de voz agudo e duro. Obedeci na hora.

Papai pegou minha mão e me puxou para o parapeito, ao lado dele. Ficamos lado a lado, agachados, a cabeça para fora, ele segurando minha mão com firmeza. Se um de nós se inclinasse um pouco mais e caísse, o outro cairia junto. As sirenes estavam mais próximas. Olhei para a rua lá embaixo e vi uma aglomeração se formando na porta do nosso prédio. Olhei para cima e acreditei mesmo que podia ver as estrelas dançando no céu. Senti a mão quente do papai em volta da minha. Parecia irreal, como se tudo fosse apenas um sonho.

— Não é lindo? — perguntou o papai.

Não respondi.

— Vou contar até três, então vamos voar — disse ele. — Tá bem? Um...

— Papai... — sussurrei. — Por favor, não segura a minha mão tão forte.

— Por quê? A gente precisa ficar de mãos dadas.

— Só consigo voar se você me soltar um pouco.

— Quem disse? — perguntou ele, apertando minha mão mais ainda.

— As vozes. E as vozes sabem o que dizem, não é?

Ele me encarou por um longo tempo.

— Dois — disse, num tom monótono, o corpo já começando a ir para a frente.

Isso não é um sonho, pensei. Está acontecendo. A gente vai cair.

— Três — disse, e senti a mão grande e quente afrouxar um pouco em volta da minha. Puxei a mão para trás, agarrei o suporte central e vi o papai virar a cabeça para mim com uma expressão de surpresa. Então ele se foi.

Por alguns segundos fiquei vendo o corpo dele cair em silêncio ao longo da fachada. Então a escuridão o engoliu e ele só reaparecia quando passava em frente às janelas que estavam com as luzes acesas. O alarme de incêndio havia parado, e o único som que eu ouvia era o da sirene dos caminhões dos bombeiros: "Estamos chegando, estamos chegando." Não ouvi o corpo de papai bater no asfalto, só os gritos da multidão. E mais gritos quando eles me viram na janela do nono andar. Não sei quanto tempo fiquei ali sentado, esperando no parapeito, mas então o caminhão dos bombeiros chegou, eles estenderam a lona e começaram a gritar pedindo que eu pulasse. Olhei para trás e vi que as chamas tinham chegado à minha cama. Lá embaixo, todo mundo gritava, como se fosse um coro.

— Pula, pula, pula!

Pulei.

Fim da história.

Reli as primeiras frases em busca de algo que não conseguia encontrar. A *pessoa* que não conseguia encontrar, o desconhecido que havia vivido tudo aquilo. Ou inventado aquela história. Mas foi vão: nenhuma lembrança me veio à mente. Isso significava que eu estava curado, estava melhor? Quer dizer, tão melhor quanto alguém pode ficar após sofrer uma amputação.

Bem, era essa a sensação. Mas como eu poderia ter certeza?

Ouvi passos, prendi as folhas com a presilha de cabelo, fechei o caderno e o coloquei de volta na cadeira de Karen.

— Richard! — disse o Dr. Rossi, diretor médico do hospital, com um sorriso e usando as duas mãos para apertar a minha, como se fôssemos grandes amigos. Nada muito anormal, considerando que ele estava no Ballantyne havia oito dos meus quinze anos ali, mas a verdade é que eu preferia manter certa distância. Ele, por outro lado, defendia o fim das barreiras entre médico e paciente. Dizia que, "se as pessoas são boas, não há perigo em manter a pessoalidade". Imaginei que é mais fácil dizer e fazer isso quando se trabalha num lugar com tantos recursos quanto o Ballantyne.

Karen e Dale estavam atrás de Richard. Dale era psicólogo e pesquisador da universidade. Estava envolvido numa pesquisa sobre o uso da ECT para a remoção de memórias traumáticas em pacientes com TEPT e fazia acompanhamento dos meus resultados e os de dois outros pacientes que recebiam o mesmo tratamento em Ballantyne. Como sempre, ao contrário de Rossi, Dale estava vestido de forma impecável, com um terno preto que combinava com sua cabeleira volumosa quase totalmente preta.

— Ouvi dizer que estamos fazendo um trabalho tão bom que corremos o risco de perder você — brincou Rossi, que se sentou numa das três cadeiras à minha frente, se recostou e cruzou as pernas.

Estava com um jeans confortável e um Nike vintage. Era do tipo que usava jaquetas universitárias e decorava o escritório com relíquias da juventude. Provavelmente imaginava que isso o faria parecer jovem, acessível e charmoso, como o bonequinho original do Luke Skywalker ou a primeira edição emoldurada de *Monstro do Pântano*, aquela com um morcego enorme e exibindo os dentes na capa. Um dia, quando Rossi me deixou sozinho no escritório dele, pensei em roubar uma dessas relíquias, só de brincadeira.

— Vamos ver — respondi, encarando Dale, que havia se sentado com as costas eretas, então fez que sim e disse:

— Parece promissor. Mas, mesmo que você receba alta, eu gostaria de continuar acompanhando o seu progresso.

— Seu caso parece promissor, Richard, mas não vamos cantar vitória antes da hora — acrescentou Rossi. — Você chegou aqui logo após uma tragédia familiar e vive aqui desde então. Não podemos esperar que a transição seja totalmente isenta de problemas.

— Eu não tenho uma vida lá fora — falei.

— Humm, é isso. Estamos pensando em sugerir que você comece passando dois dias por semana fora e aumentaremos esse número à medida que percebermos que as coisas estão indo bem. O que acha, Richard?

Eu estava relativamente bem havia tanto tempo que era considerado alguém capaz de dar o próprio consentimento sobre qualquer assunto.

— Tenho certeza de que vai ficar tudo bem... — falei, torcendo para ele não ter percebido que eu quase o chamei de "Oscar" no fim da frase.

Rossi gostava que o chamássemos pelo nome, mas nunca consegui fazer isso, não sei por quê. Não era só questão de manter um distanciamento — também tinha algo a ver com a forma como ele olhava para Karen.

— Maravilha — disse Rossi, unindo as palmas. — Agora, vamos dar uma olhada nos resultados para ver seu progresso e discutir sua medicação e sua terapia daqui por diante.

Na prática, não havia discussão de fato, mas os pacientes se sentiam mais dispostos a cooperar quando achavam que faziam parte do processo de tomada de decisão.

— Nós vamos sentir a sua falta — disse Karen enquanto andávamos pela trilha que ia em direção à borda da floresta. Depois que Dale e Rossi terminaram e foram embora, Karen disse que tinha uma surpresinha para mim, uma espécie de presente de despedida.

— Só vou ficar fora dois dias por semana — falei.

— Então eu vou sentir a sua falta dois dias por semana — disse ela, sorrindo.

Claro que percebi que ela disse "eu" em vez de "nós" na última frase. E claro que pode ter sido só um deslize. Se era um ato falho ou não, de fato não importava. Ela era a terapeuta, e eu, o paciente; segundo o código de ética, esses dois nunca poderiam se tornar um só. Exceto na minha imaginação. E, se havia uma coisa em que eu era bom, era em usar a imaginação.

— Está com medo? — perguntou ela.

— Da vida lá fora? — Percebi que inconscientemente estava imitando o tom de voz e a entonação burguesa de Oscar Rossi. — Bem, eu tentei antes. E correu tudo bem. Por um tempo. O problema é...

— É...?

Dei de ombros.

— Não tenho nada de construtivo para fazer. Não me encaixo em nenhum contexto. Como paciente, pelo menos faço parte de um mecanismo maior.

— Já pensei nisso.

— Ah, é?

— Todos nós precisamos fazer algo para sentir que estamos contribuindo. — Ela acenou para o velho jardineiro, Feihta, que estava sentado como um rei no cortador de grama japonês que deslizava de um lado para outro no gramado, mas ele não nos viu. — E sei que você pode contribuir de outra forma, sem ser como paciente.

— De que forma, se me permite perguntar?

Seguimos o caminho por dentro da floresta. A luz do sol era filtrada pela folhagem.

— Você lembra que, antes de a gente começar a ECT, eu pedi que você registrasse em papel a sua memória traumática com a maior quantidade possível de detalhes?

— Não. Deveria?

— Melhor não. De qualquer forma, eu pedi que você anotasse essa lembrança para que tivéssemos um registro de tudo e não deixássemos nada que pudesse levar sua memória de volta a esse incidente específico. Mas, quando li o que você escreveu, descobri outra coisa.

— Ah, é? O quê?

— Que você gosta de escrever.

— Como assim?

— Você não se limitou a relatar o que aconteceu. Não sei se foi planejado ou por acaso, mas você escreveu o que aconteceu como um contador de histórias. Tentou dar vida à situação pensando no leitor, tentou transformar a história em literatura.

— Certo — falei, fingindo ceticismo, mas ao mesmo tempo sentindo uma coisa: empolgação. Como se eu estivesse esperando por aquilo. — E consegui?

— Conseguiu — limitou-se a responder ela. — Ao menos para mim. Mostrei para outras pessoas o que você escreveu e elas concordaram com a minha opinião.

Foi como se os meus pulmões e o meu coração tivessem se expandido, como acontece quando faço um treino muito intenso e sinto uma pressão entre as costelas e as costas. Mas naquele momento o que eu sentia era causado pela felicidade. E pelo orgulho. Orgulho de um texto que não me lembrava de ter escrito, mas que havia lido pouco antes. “Outras pessoas”, pensei. Aquilo significou muito para mim.

Cruzamos uma ponte de madeira sobre o riacho na floresta. Os pássaros trinavam ao nosso redor, como faziam ao amanhecer perto da minha janela. Subimos por uma colina onde havia uma casinha de veraneio pela qual costumava passar nas minhas corridas.

— Vem comigo — disse Karen. Quando ela ergueu a mão para segurar o meu cotovelo, sua mão roçou na minha.

A casa tinha seis lados com paredes de vidro — lembrava uma estufa — e havia sido construída ao redor do tronco de um velho carvalho que fazia sombra. Karen abriu a porta e entramos. Vi uma mesa e uma cadeira que não estavam lá antes. Em cima da mesa havia uma máquina de escrever, uma pilha de folhas e um potinho com canetas.

— Não sei se você prefere usar computador ou máquina de escrever — disse ela. — Ou escrever à mão. Ou se quer escrever.

Olhei para Karen. Ela sorria de orelha a orelha, mas piscava rápido e tinha manchas vermelhas no pescoço.

— Ah — falei, engoli em seco e olhei para a vista das colinas ao redor. — Quero escrever, sim. E quero tentar usar uma máquina de escrever.

— Ótimo! — disse ela num tom de alívio. — Acho que esse pode ser um lugar inspirador. Pelo menos um lugar para começar.

— Um lugar para começar — repeti, fazendo que sim.

— Bem — disse Karen, juntando as mãos e ficando na ponta dos pés, como sempre fazia quando estava feliz ou empolgada. — Vou deixar você à vontade. Pode passar o tempo que quiser aqui.

— Obrigado. Essa ideia foi sua, não foi?

— É, pode-se dizer que sim.

— O que posso fazer em troca?

— Ah... quando você finalmente tiver alta e não for mais meu paciente, que tal um cinema?

Ela tentou falar num tom casual e indiferente e não sedutor, mas claramente havia ensaiado para soar espontânea.

— Pode ser — respondi. — Algum filme em especial?

Ela encolheu os ombros.

— Alguma bobagem romântica — disse.

— Combinado.

Karen fechou a porta ao sair. Através das paredes de vidro, fiquei observando-a se afastar até desaparecer na floresta. Dei algumas voltas em torno da mesa. Mudei a cadeira de lugar. Me sentei com cuidado. O chão não era totalmente nivelado e a cadeira balançou de leve. Coloquei uma folha na máquina de escrever. Bati umas teclas para testar. Precisei fazer mais força do que imaginava. Mas era só questão de costume. Aproximei a cadeira da mesa e endireitei as costas. A cadeira ainda balançava. Então, com muito esforço, usei os indicadores para escrever:

A CASA DA NOITE

— V-v-v-você está maluco — disse Tom, e percebi que ele estava assustado, porque gaguejou uma vez a mais que de costume.

Este livro foi composto na tipografia Sabon LT Std,
em corpo 11/16, e impresso em
papel off-white no Sistema Cameron da
Divisão Gráfica da Distribuidora Record.